TRILOGIA DA FANTASIA

PARTE 3

RENATO REZENDE
(pseudônimo do autor)
(testemunho)

COPYRIGHT © 2013, RENATO REZENDE
Todos os direitos reservados

COORDENAÇÃO EDITORIAL
Fernanda de Mello Gentil

PROJETO GRÁFICO
Rafael Bucker

DIAGRAMAÇÃO
Luisa Primo

REVISÃO
Heyk Pimenta

IMAGEM DA CAPA
Desenho de Renato Rezende
Coleção Eduardo Mondolfo

EDITORA CIRCUITO LTDA.
www.editoracircuito.com.br
contato@editoracircuito.com.br
Tel. 21. 2205 3236

Dados Internacionais de Catalogação na Publicação (CIP)
(Câmara Brasileira do Livro, SP, Brasil)

Rezende, Renato
    Auréola / Renato Rezende. – Rio de Janeiro:
    Editora Circuito, 2013.
ISBN 978-85-64022-32-4
1. Ficção brasileira I. Título.
13-09838   CDD-869.93

Índices para catálogo sistemático:
1. Ficção: Literatura brasileira 869.93

Auréola

Procura fazer o engate, o engancho. O esforço todo, e enquanto ele durar vai durar a angústia, é o de engatar um vetor de força em outro vetor de força, contrários, contê-los em um único sistema e potencializar um destino, fazer girar o dínamo de uma roda, em espiral positiva, rosácea vivificada, reluzindo. Grande alívio será quando isso acontecer; e essa possibilidade ele já pressente, desfecho de passagem. De um lugar a outro, ser e não-ser; ou vice-versa, contínuo. Não, ele não se permitiria abrir mão de nada. Presunçoso, que fosse. Iludido. A vida não lhe parecia valer a pena sem tais projetos grandiosos; a vida valia a pena? Sofrera a queda. Caíra. Mas quantos também não caíram antes dele? Quem havia dito que o caminho seria tranquilo? Quem disse que deveria esperar um mar de rosas? Estava agora pendurado no abismo. Por um fio. Uma pera cortada em duas metades. O corte que separa as duas metades, o risco invisível. Pura travessia; lugar algum. Mas por ora se negava a se segurar em qualquer uma das duas margens, ambas quase ao alcance da mão. Perigosamente, mantinha-se em suspenso.

Negociava então o sonho de totalidade em fantasias de vida; em projetos. Negociava. Por ora, pelo menos, se gastava. Era hora de fluir em cascata, em perder-se, em transferir-se em linguagem, vala, vereda, carreiro. Era hora de comer e beber, de fornicar, de viajar, de engordar e envelhecer. Era hora do prazer. Era hora do homem, masculino, o contrário da deriva. Homem é aquele que navega a seta do tempo, o que pode nomear as coisas. O prazer dos projetos, da auto-superação no mundo das forças, da competição. Como um náufrago assustado, nadava com toda gana para longe do redemoinho, em direção às luzes do litoral. No meio do mar, à noite, no mar que puxa e engole, é melhor nadar em direção ao litoral. Fazer. Agir primeiro, perguntar depois. Sem economias, recuperar o tempo perdido, ganhar um nome. Ser. Sim; negociava os prazeres possíveis. O golpe havia sido forte, era impossível compreendê-lo de primeira. Seria trabalho de anos, recuperar-se. Teria que aprender a conviver com a angústia. Não era hora de compreender; era hora de fazer. Sim; seria fácil retornar à aspiração dos céus; asas; ele, pássaro que era, também era tigre. Achou mais prudente dirigir-se à metade terra, chão. Seria gente, não privilegiaria o Amor, aprenderia a odiar. Pelo menos, por ora. Um dia, compreenderia; projeto.

Trabalho, trabalho. Depois de algum tempo, com alívio (nunca duvidara), um dia (um dia enfim de chuva sobre o Saara) começou a sentir os primeiros grampos, as primeiras fivelas, ainda as mais periféricas, é verdade, as mais frágeis, se unindo. Primeiro movimento sensível de uma integração, de uma concentração entre os dois vetores, cada um apontando para um lado, o esforço hercúleo de não se arrebentar, não se destruir; a angústia. Depois de alguns anos, pode conceber as primeiras fivelas, distantes, dessas de plástico, pequenas, quase como um clipe, quase um grampo de cabelo de mulher, prendedor de sutiã, se aproximando, prendendo-se umas às outras, uma puxando a outra com a força de seu vetor contrário, e unindo-se com energia, pelo próprio vigor dessa tensão. Pontos de agulha de cirurgião em uma ferida; fechando em cicatriz bem-vinda. No centro, ainda, a carne exposta, o latejar em aberto, a dor. Mas, pelas beiras, pelos lados, pelas extremidades, pelas bordas, a costura começava a ser feita. Um dia, e isso para ele era indispensável, compreenderia. Um dia voltaria a ter a sensação de ser inteiro. Não, um dia seria inteiro: projeto de vida; ponte entre ocidente e oriente. Pois a sensação de ser inteiro, que sentira antes, e gozara, era falsa, já que houve um arrasto. Uma falsa sensação fincada em apenas um polo, enquanto o outro, imenso continente, era talvez ignorado. Com o deslocamento, sísmico, houve quiçá sensação de fratura, e a consciência, dividida, segurou-se por um fio, no fio da sua inteligência, vestígio de lucidez, fiapo de identidade, perímetro falho, impressionante perigo. Não ter sucumbido, à morte, à loucura, foi da ordem do milagre. Não milagre divino, de deus; mas da ordem do milagre, palavra milagre. Debateu-se. Como estratégia, não deixou de honrar os deuses e as práticas do espírito, mas encaminhou-se para o mundo dos homens, lá, onde ele ainda não existia; onde existia sem existir. Como Kaspar Hauser, chegou, mas apontando para si mesmo, no meio da praça. Foi ganhando corpo, espaço. Só assim poderia diminuir a angústia, só assim poderia aproximar os dois continentes, com uma ponte de compreensão. Com a sensação do prendimento das primeiras fivelas, pôde enfim sorrir, ainda que timidamente. Permitiu-se sorrir; e, no fundo, ansiava por um mundo menos perigoso, por um mundo estável e confiável. Ansiava por se permitir fruir da beleza do mundo; a beleza dos pássaros, das árvores, das pessoas. Seria possível confiar na beleza? A beleza, esta translúcida escada do espírito. Mas o sorriso era muito tímido, muito lento. Só aos poucos, muito aos poucos. Não poderia deixar nenhuma falha, não poderia deixar-se enganar. Uma fratura dessas mais adiante, e seria sem dúvida o fim. O fim obscuro e infernal. Não – era projeto –, sua vida não poderia terminar em fracasso e perplexidade, não poderia terminar em abandono e miséria, não poderia acabar em arrependimento e rancor. Por isso, nesse momento especial, na corda bamba, por sobre as alturas abissais, entre continentes que se afastavam, todo cuidado era pouco. Que a angústia fosse cozida em fogo lento, que fosse apreciada; não poderia ter pressa em livrar-se dela. Olhando bem, ela já estava lá, desde sempre, velha conhecida. Sim; a angústia surgiu com gosto de coisa antiga, com cheiro de outrora. Ela estava lá, velha conhecida, anterior ao voo; anterior ao esforço de suspensão. Portanto, por sob ela, debaixo dela, em lugar ignorado, talvez houvesse passagem, túnel ou ponte, que ligasse os dois continentes, os dois lados da vida. A integração desse ser que era ele; um único ser, afinal, um corpo de homem. A angústia já estava lá, desde quando? Essa certeza primeira veio com as primeiras fivelas; os primeiros sorrisos tímidos. O primeiro suspiro de beleza diante de um beija-flor. Mas era difícil saber o que estava escondido sob a angústia, ou do que a angústia era sinal, o que não podia ver. Difícil. Era preciso paciência e arqueologia. Ao mesmo tempo, era preciso fazer. E ele fazia, ele batia, se debatia. No centro, a ferida ainda ardia; em carne viva. Deus, como doía, ainda! Como doía. Caíra como pássaro abatido em pleno voo; um rochedo entre as nuvens. A sensação da cabeça estraçalhada. Corpo e cabeça, dois continentes separados. Restou um fio de consciência, cachola rompida; mas não houve decapitação. Algum sangue, alguma seiva, continuou correndo, alimentando um e outro. Horror. Pássaro estatelado no chão. Isso era o inferno.

Mas não houve decapitação. O corpo, surdo, cego, pulsou. Urrou em ódio; urrou. Em ódio, urrou. Como foi possível suportar isso? Ele não sabe. Antes, acreditava que deus dava o máximo, sempre, no limiar da capacidade de suportar de cada um. Nem mais, nem menos. Nem mais, porque senão a pessoa sucumbiria. Nem menos, porque é menos, e deus, em sua generosidade, jamais daria menos. Agora era hora de colocar as barbas de deus de molho, e não se fala mais nisso até segunda ordem. Ou melhor, tudo a seu tempo e hora. Em todo caso, deus já não é uma boa palavra; não queria dizer nada. Agora era isso: se deus existe ou não, o problema é Dele; o problema da humanidade – o problema *dele* – era cuidar de sua vida. Assim seria; assim ele fazia. Trabalhava. Antes, acreditava na justiça divina, na justeza do mundo. Agora, sabia que a vida é absurda. Não sucumbira, é verdade – creio que já pode afirmar isso – mas fora uma dor superior àquela que podia suportar. Outros, quiçá, suportariam mais; outros, menos. O que ele suportou, no entanto, foi além de suas possibilidades. Segurava agora as duas correntes, cabo-de-guerra consigo mesmo, prestes a se romper: prestes não, algumas fivelas se encaixaram, houve um alívio, uma convergência, um esboço de consenso, e a escrita fora convocada. A escrita, sendo convocada, era uma fivela. Afivelando-se pouco a pouco vértebras, dentes, botões de vestido de mulher. Com esforço, abotoava-se; com palavras.

Senhor, senhor, meu deus, não me deixe morrer! É o que algo, alguém, dentro dele, nele, ele, dizia, ainda, sem que ele conseguisse descobrir quem. Quem falava? Quem pedia? Quem implorava? O fio da consciência, ou o saci? O que deve assassinar, ou o que deve morrer? Ele se negava a uma coisa ou outra. Ele queria tudo, como sempre, ele queria ser ele. Ele queria ser ele, de novo, ainda que nunca tenha sido. Ele queria ser ele, então, pela primeira vez; nascido. Ele queria ser e, mais que isso, queria amar. Pois é possível que nunca tivesse amado, e o que tinha chamado de amor era... era o quê? O que era que chamara de amor? Seria, talvez, justamente o contrário disso: a morte? Amara a morte? O apagamento de todas as diferenças? Não suportava, então, diferença alguma? Era isso que dizia aquela metade da pera partida? Amargo amor, esse, pela humanidade, sim; mas por nenhuma pessoa. Era justamente necessário, agora, aprender a amar, as gentes; o que significava, também, aprender a odiar. Pois uma pessoa não é capaz de amar todas as outras; para uma pessoa, apenas algumas poucas são amáveis, dignas de afeto, passíveis de suscitar amor. Está errado isso? Não. Deixar o amor universal de lado, por ora. Amor e ódio: fivelas que se engancham? Superar os pares de opostos. Ó deus, o que seria isso? O plano agora era: viver plenamente os pares de opostos. Ele circunavegava o fio do corte, o perímetro, esticando ao máximo a área, tensionando o território. Não ficara pedra sobre pedra.

Costura; sutura, pouco a pouco, o mundo reerguido, reconstruído. Seria preciso saber o que levou-o ao voo, num primeiro momento? Seria preciso recuar até o princípio, sabe-se lá qual fosse? Subitamente, encontra-se num mundo habitado. Logo de cara, acha, correu desajeitado e abriu asas, autista, albatroz. Ou uma pessoa é mesmo, antes de tudo, uma criatura dos ares? Ao abrir asas, fundou um dos dois vastos continentes, império do espírito, com seus inúmeros mistérios. Descobria, no entanto, que a superfície (do risco, do corte, da ferida, da vida) não era pura planaridade, havia densidade, havia lá no fundo algum caroço, uma origem, havia um cerne duro, de onde imanava, de onde surgia... o quê? O centro misterioso de seu ser; o ponto cego. De lá, deste núcleo, abria-se o mundo em duas alas, duas protuberâncias simétricas, espelhadas; uma, agora, no passado, outra, agora, no futuro. Como asas de uma borboleta, rodeada em três, ou quatro, dimensões, fazendo-se no misterioso tempo. Ele remava na direção do futuro; a escrita. O império da palavra. Duas construções no nada, esforço no vácuo, duas tentativas de salvação – a vida. Sua vida. Entre a água viva, oceano de luminosidade, existência maior e calada de tão rigorosa em sua pureza, amor em seu mais exigente rigor; e a cascata da humanidade, artifícios da linguagem, ilhas, penínsulas e praias, impuro, misturado e sem sentido. A verdade? Não era uma questão de verdade, não seria, agora, hora para destilações absolutas. Era, sim, uma questão de vida ou morte. Era preciso escolher a vida. Não a Vida, aquela, total, tão igual à Morte; mas a outra, pequena, diária, navegando dócil em direção ao fim. Dócil? Não seria nunca dócil. Seria bom ser dócil, pertencer ao rebanho dos mansos, mas isso já era impossível. Jamais seria um manso;

nem um conformado; nem um resignado. Mas queria a felicidade. Acreditava numa realização plena, ápice da vida humana. Muito tempo ainda pela frente, vinte, trinta anos, talvez mais. Tempo para construir e mapear o novo continente; tempo, na coda da vida, depois, para elaborar a completa síntese, a mandala revelada, o belo desenho. Ilusão? Era preciso um projeto, isso já a nova asa, que se abria, ensinava. A asa do desejo, das concessões às menores causas, da glória da vida – ainda que falha, ainda que pouca. Tornava-se um forte. Ainda faltava-lhe, é verdade, compaixão. Viria, talvez, com os sorrisos, com a beleza; fruto dos afivelamentos. Por ora, faltava-lhe compaixão. Tinha pressa e horror. Horror ao tempo lento, horror aos fracos e oprimidos, de quem logo aprendeu que precisava se proteger. Proteger-se da voracidade dos outros; nada de dar a outra face. E os outros que se cuidassem de sua voracidade. Tigre, não mais pássaro. Sádico? Não, sádico não; não completamente. O que haveria lá no fundo, no lodo, na dimensão da profundidade do diagrama que inventara? O que lá pulsava, revestido pela angústia? Espancamentos? Maldades? Seria ele mal? Aceitaria sua própria vida, se impregnada de ódio? Aceitaria, aceitaria. Era preciso que aceitasse. Era preciso que reconhecesse: tinha o direito. Tinha o direito a existir, a consumir, a comer, a matar, a depredar, a devastar. Tinha o direito, como todo bicho. Então, aceitaria; se reconheceria. Ao mesmo tempo em que construiria um edifício para conter, canalizar e materializar tanta força contida. Um edifício de escrita; qual outro? Ao contrário dos outros, não distribuíra sua força em mil destinos, na plataforma dos possíveis, mas colocara todos seus recursos numa única meta, todos os ovos numa única cesta: a fuga da vida. Falhara. Falharia sempre? Estava desde o início condenado? Os santos, como se viraram? Como conseguiram? Como lograram um Cristo, um Buda? Um dia, compreenderia. Em todo caso, destino – verdadeiro ou falso – para poucos. Seu caso era destino de gente. Caíra. Mas, como ele, quantos? Falhara, mas agora, falaria. Falar bastaria; mesmo se sozinho. Ao falar, se fazia, do outro lado. Estava no mundo, estava na área. No mundo habitado, escutasse quem escutasse. Não levaria mais o mundo nas costas, não seria melhor que ninguém. Preenchendo-se de si, pouco a pouco, ganhava corpo. Valor. Valor concreto, de coisas mensuráveis, e se aprendia valioso. Palavras valem ouro. Mais que bosta; puro ouro. Falava, falava, na pequena salvação possível para as pessoas. Transferia-se para o corpo da prótese: a voz, material. Alienada de si mesma, a humanidade se colocava exatamente ali, onde ele estava: no duplo esforço de recuperar ou retornar a um corpo perdido e inacessível ou de transferir-se para um corpo novo, a linguagem. Surpreso, descobria-se: homem por excelência. Isso era ele, e como ele, tantos outros. Todos. Sozinho, na humanidade, na companhia de todos: o corpo místico de Cristo, o corpo místico da voz – ao mesmo tempo, sempre, sagrado e prosaico.

Fio da navalha. É isso? Quanto maior a envergadura, maior o perigo? Fio de navalha sobre altos precipícios. Ele iria ao mais alto possível. Era destino; era seu sintoma, era sua doença. Um homem é diferente de sua doença? Suas duas asas eram amplas; deveriam sê-lo. De onde tanta certeza? De si mesmo: não precisava autoridade nenhuma. Agora, estava batendo, e batia; essa a diferença. Perdia a maleabilidade, a doçura. Ala dura, agora: seta. Se antes, mergulhado em mundo grande, vasto, encontrava-se à deriva, à mercê do outro e das forças divinas de dissolução, objeto; agora tornava-se agente, escolhia seu mundo. Organizado, que girassem ao seu redor. Doa a quem doer, gostasse quem gostasse. Essa afirmação era necessária. A partir daí, as respostas viriam. Revoltava-se? Sim, pois sim. Revoltava-se; se possível, sem muito estardalhaço, mas sim, revoltava-se. Era preciso dar uma resposta à altura aos tolos. Então seria pão-pão, queijo-queijo; pelo menos por ora. A santidade era, em grande parte, comprada. Compraria. Megalomaníaco, que seja; compraria. O amor, agora, só se comprado; o outro amor, o Amor, ficaria do outro lado, no território já demarcado, no território do impossível. O sexo só se comprado; pois, além do mais, como dizia-se, o sexo pago é mais barato. Pois o Sexo, aquele fantasiado, ficava também do outro lado, no território do impossível. Onde o menino calado aprendera a falar tanto assim? Onde guardara, o menino comportado, tantas palavras? Lá no núcleo oco do Caroço; o núcleo que agora se mostrava, não diretamente, é certo, mas por inferência, por dedução, a origem de todos os males e de todas as benesses, de todos os vícios e sua transformação em virtudes, a origem de todos os potenciais, a própria potência. Lá a origem das palavras? Uivo, cascata, cachoeiras, rios; só depois, muito depois, a conquista merecida do oceano. Só depois. As conexões, os laços, os entroncamentos, os vasos comunicantes. Só depois. Agora, ainda, era o fio, o risco, o corte, e a seta apontada para o futuro; promessa. O fio da navalha.

O corte doía. Muito, ainda; em angústia; doía na garganta. Garganta fechada, quase sempre. Sensação de desmoronamento. Mas muito progresso já havia sido logrado; a ferida, agora, era localizável, ao menos. Carne arrombada, é verdade, tiro de trintoitão, estourando; fio de espada fina, a goela à mostra. Ele ficara puro destroços, quase nada; fiapo, a pedir socorro, a urrar como besta machucada, ponto de morte. O pior já passara. A dor, agora, estava organizada. Dor já passível de ser articulada, pensada, elaborada. Mas doía, ainda, e muito. Latejava, fundo. O quão fundo, não sabia. Mas doía e irradiava, por todo o universo, a dor. Ele sentia. As palavras jorravam desta ferida, isto sim. Já se mapeava. A ferida já ganhava contornos, enxugava, a ferida já ganhava cura. Em suas pontas, ao menos – a ferida já fazia bordas, extremidades, periferias, zonas menos profundas, marginais, áreas de menos risco – já cicatrizava. A carne esgarçada puxava, esforçava-se para a reunião, a regeneração. Não entregaria os pontos, sobreviveria. Daria a volta por cima. E dar a volta por cima era: vencer. Vencer a si mesmo, superar-se. Não ter mais medo, e alçar-se ao tamanho dos seus próprios desejos. Talvez isso tenha evitado, desde a infância: seus próprios desejos. Recuara horrorizado de si mesmo, insaciável monstro. Foi pouco. Retornara. Era preciso retornar. Retornara. Ao ponto esse, estranho, pressentido, semente. Para daí partir, de novo. Começar tudo de novo. Por isso a sensação de urgência, de tempo perdido. Não era mais menino, e seria agora menino. Desde o início, menino de novo. Mas menino homem, sem tempo de ser bobo. Menino vício, voragem. Muito mais não saberia dizer, ainda. Mas um nível, ultrapassara. Não era mais necessário o semblante de quem lhe fizera cair. Não era aquilo, ele sabia, e agora, ao menos, já podia olhar de frente. Olhar de frente sua própria ferida, que sempre carregara, como uma cabeça ou membro decepado do corpo, nos braços. Não, não era ela; era ele mesmo, o que desde sempre carregava uma ferida. A ferida nunca tivera lugar nem nome; ainda inominável, ao menos agora mais ou menos se localizava, se mapeava, deixava-se ver com a lanterna das palavras. Tinha, como supernova que esfria, um núcleo e periferia, a matéria organizava-se. Formava uma crosta. Crosta de sangue e barro. Sangue grosso, amassado, sangue e lodo, choro, barro. Adobe, argila, pus, e palha, e barro e bosta. Formava uma crosta, a ferida. Formava, formava. Essa ferida aos poucos se cristalizava em mandala, em chacra, dínamo positivo de energia de vida. Essa energia de vida sustentava a sua nova vida, a que se forjava agora. Vida de alegria. Era só o que sabia, o muito que intuía. Aos poucos, o breu se dissipava. E mesmo a dor tornava-se suportável, humanizada. O denso escuro se iluminava. Aos poucos, muito aos poucos. Renascia, ele, que, em sua própria vida, morria, morrera. Refazia-se, muito timidamente, acabrunhado, e via que não havia motivos de vergonha: era pessoa humana, passível de amar e ser amado; falível.

Ele se mundava. Mudava-se, de si mesmo para si mesmo; entrava no mundo. O mundo, lugar habitado, onde se habita. Mudava-se, então, para si mesmo. Seu próprio corpo, descobria, inventava. O corpo que não se sabe, o corpo que não se habita é: angústia. O corpo mal-amarrado, pleno de buracos e ocos, com vetores soltos, é o corpo que não existe, no mundo, e apenas pulsa em potência e angústia. O corpo, ele sabia, descobria, não existe; o que existe é o corpo inventado, simbólico. Como se, durante a primeira metade da vida, a ala aberta para um dos lados, pendente ainda, desproporcional, um pássaro aleijado, de uma só asa, ele procurasse o corpo inacessível, que não existe, ele, o impulsível. O impulsível mundava-se. Isso acontecia. Todas as fichas em busca de um corpo real, que pudesse existir em uma totalidade incrível, em conquistada plenitude; a salvação. Dali, caíra. A ânsia da busca, tão inteligentemente arquitetada, como pedra lascada com afinco, até virar satélite tripulado, para o alto apontada, dava ao corpo um falso corpo, não o corpo inventado, mas sim um corpo falso, mesmo, removido, fantasma, ao seu lado, ao lado do próprio corpo esquecido, abandonado, revestindo-o como um verniz. A busca. Não que tenha sido em vão, não que não encontrara nada: encontrara. Mas a elaboração das joias que fora capaz de trazer deste espaço, o espaço sideral, ou o fundo de si mesmo, lá para lá do ralo, mais embaixo de qualquer individualidade, estas joias ficariam por ora guardadas. Um dia também elas ganhariam um corpo, um corpo melhor, mais exato, do que suas difíceis alusões. Pois o próprio deus não foi encarnado, em Cristo? O destino é sempre esse, esse o vetor: de cima para baixo, do sutil ao encarnado. Por isso, talvez, primeiro aquela metade, e, agora, esta. Sobrevivera a passagem. Estava sobrevivendo. Isto é o que importa. Como? Acessando o corpo, mas, já que ele não existe em fato, interditado, de um jeito ou de outro, inventando-o. Por trás da camada de verniz, um poço de petróleo de angústia. Jorrando por todos os lados. Organizava. O mundo se organiza com palavras. O que é menos palpável organiza a realidade. Primeiro lança-se a seta, e quando a seta cai, funda-se a cidade. Podemos ou não chamar de lugar sagrado. Tudo é plano, escada, estratégia. Inventar-se humano é muito difícil, tarefa. Mas, de um jeito ou de outro, inventamos. Inventamo-nos. Há sempre um preço que se paga, nestas passagens. Agora, dá vontade de voltar. Perceber, com a consciência conquistada, o que estava lá. Gozar sabendo, pois, se gozava, não sabia. Fruto proibido, esse. Uma parte quer sempre retornar, elaborar o que foi perdido; uma vez feita a passagem, a fundação, nasce-se dividido. Uma ala e outra ala; os dois lados da pera. Ou da maçã, do paraíso. Ele está na passagem; falando da passagem, do corte. Pois, levantando o verniz, a película que protege o grão de arroz, da ânsia do retorno, descobre o poço do corpo; pura angústia pulsa sem nenhuma elaboração. Ele, então, nascera muito tarde. Aparentemente, se recusara a nascer, no momento em que todos nascem. Todas as pessoas, homens e mulheres, nascem na infância. A humanidade não é dada, a gente pega por contágio. Engancho, encaixe. Cada um é pego de um jeito, e desse jeito é marcado: isso se é. Sem ser autista, ele apenas fingira esse encaixe. Laços frágeis, apenas, para que lhe deixassem em paz. Laços centrados na inteligência; coisa rara, humana, humana, humana. Pois era humano, afinal. Isso sempre soube, mas de verdade aprendia agora. Permaneceu, por dentro, massa amorfa, tudo por fazer. Por intuição, ou por medo, ou por bravura, recusou a fôrma, o contágio, para além do verniz da pele: sua primeira invenção foi uma máscara. Quem era, dentro da camuflagem? Nada. Durante décadas, procurou sua origem, seu destino. Mas, antes que a seta caia, não há nada, não há tempo, não há espaço, não há superfície nem profundidade. Não há nada. Lançara a seta, mas mantivera-a alada. Astronauta. Caía agora. Nascia agora. Tarde. Mas ainda há tempo. Toda hora é hora de nascer, marco zero. Sempre, sempre, sempre, é marco zero. O tempo é sempre marco zero. Nascia agora, com uma imensa vantagem: podia testemunhar seu próprio nascimento; forjá-lo em palavras, dividi-lo com os outros. Pois havia outros; comunidade. Corpo espelhado, multifacetado, todos nós, eu, ele: comunidade. Todo nascimento humano é na linguagem; toda contribuição é feita em linguagem. Nascer é, por definição, dividir, compartilhar; doar-se. Nascer é morrer no Outro. Por tanto tempo recusara esse simples ato. Mas a seta voadora perdera sua força, caíra com o vigor da gravidade, ferindo fundo. Sangrava. Estranho pus, estranho sangue, barro. Jorrava. O urro; o uivo. Por todos os lados, para todos os lados, no espaço recém-fundado, jorrava a angústia. E também, em cascatas, o que salva, organiza, elabora: as palavras. Aquela vida, tão distante da vida, tornava-se insustentável. Irrompeu-se ferida. Mas tinha a seu lado a linguagem; para ela transferia-se, pouco a pouco, célula a célula; que nesse corpo corresse a seiva, a linfa. Uma vez feita a transfusão, a transferência; uma vez feita a tradução, uma vez cicatrizada a ferida, pensaria. Por ora, era ainda sobrevivência. Pois algo, ali, queria sobreviver. O quê?

Onde? Corpo de dragão atingido. Pode um dragão morrer, ser abatido? Na China, antigos crânios de mamute desencavados eram, com horror, considerados vestígios de dragões mortos. Com horror, porque isso queria dizer que os céus podem cair; dragões podem sucumbir; os fins dos mundos; o fim do mundo. Olhavam para os céus, apreensivos. O corpo de dragão, ele, atingido, estatelado no chão. O fim do mundo. Mas, também, o início. Sua autoestima foi a zero. A autoestima era parte do verniz, a inteligência que segurava, qual malabarista, o fino fio de aranha, aço inoxidável, que o sustentava no vácuo indizível, mantendo uma sensação de unidade. Segurava, e se debatia para subir, ascender. Mas não havia mais como. Batendo a cabeça no topo do mundo, ou melhor, simplesmente explodindo, por rocha ou implosão própria, decaiu o dragão: agora no solo terreno, inanimado. Inanimado, não, dragão é fênix, é fogo. Quase inanimado; morto por um momento. A ferida pulsando. Onde, então, era o chão? Ali, onde a seta caiu, o mundo começa. Direita, esquerda, frente, fundo, etc. Que ponto foi esse, em seu corpo, ele não sabe. Qualquer. Que fez com que se abrisse, feito flor, feito carne, feito sexo de fêmea. Aberto, exalando. Ferida aberta, exalando. Sangue, pus, excrementos, urina, fluidos. Castrado? Esse foi o ponto, então? O sexo. Sangra-se o sexo – não importa se masculino ou feminino, sangra-se – e faz-se uma pessoa. De dragão a gente, esse o destino. De animal para ser humano, a partir da passagem do corpo, o sexo. No seu corpo, abatido, roubado de sua virilidade, sentiu-se morto, nu, exposto, vulnerável. Aquele sexo alto era tudo: asas. Agora, nada. Era ausência. Buraco, oco, vazio. E sangrava. Ao menos, sangrava: estava vivo. Autoestima se esvaía, pois fracassara. Fracassara na tentativa do voo mais alto. Mas fracassara onde fracassam todos. Fracassam? O homem é sempre um fracasso? Isso, não sabia. Responder a isso ficava pra mais tarde. Agora, era sobreviver. E sobrevivia. O que fluía da ferida matava; mas o que fluía da ferida também cuidava, curava. Bálsamo. O que fluía eram as palavras. Onde a seta cai, no sexo, de lá fluem as palavras. Do lugar sagrado, que se fecha e se esconde, mas que se mantém, sempre aberta, enovelada, protegida pelos borbotões de palavras, e seu fluxo, e seu tempo, lá, de lá, nascia a linguagem. A linguagem salva. Por ora, a ferida se transmutava em linguagem. Nada a fazer a não ser isso, para o bem da vida. O dragão se fazia lagartixa, e recusava. A princípio, recusava. Melhor era morrer, de vez. Morrer mesmo. Melhor era morrer do que entregar os pontos, dar-se por vencido. Melhor é morrer do que qualquer trégua. Mas quando se morre, se acaba. Mais digno, ele achava, era adiar o fim; o fim sempre pode esperar. Mais digno não, mais nobre, talvez, mais resistente. Sim, era uma questão de resistência, também. Nada contra os suicidas. São eles os que mais amam a vida. Amam-na tanto que não a suportam menos do que total, não a suportam menor. Por isso se matam. Não se conformam. A principio, ele também não se conformava. Não se matava, no entanto, por pura insistência. E, na vida, encontrava outras coisas. Os outros. As coisas boas da vida. Os amigos. Tudo isso tem valor, ele descobria. Sim, mortais, falíveis, incoerentes. E daí? Isso era a vida. Covardia era não aceitar, era exigir perfeição. Perfeição, onde arranjara esta palavra? Agora, não significava nada. Também não significavam nada as palavras "divino", "sagrado", "sublime". Se o local onde caíra a seta, onde caíra sua cabeça, de dragão ferido, onde seu corpo fora tocado, se o local do sexo era sagrado, então tá. Ponto. Não queria dizer nada. Era apenas o começo, mais nada. O ponto inicial. O vestígio de uma entrada, de uma passagem. Cordão umbilical. Umbigo. Mais nada. Passagem sempre cerrada, diga-se de passagem. Uma vez cicatrizada, a ferida nunca mais se abre. Isso não era uma perda, era fato de ser comemorado. Alívio. Uma vez fechada, que não se abrisse nunca mais. Isso estava combinado, entre ele e ele mesmo, agora combinado. Fim do fascínio pelo abismo, pelos precipícios. Neles não havia nada. O mundo é grande, havia muitas coisas. Que saísse em busca, em conquista, em aventuras. Herói. Que partisse em direção ao outro lado, a outra ala, a outra asa;

continente desconhecido. Alegria seria desbravá-lo. E um dia viria a morte, um dia. Mas por que evitá-la tanto a ponto de morrer antes da hora? Que caminhasse como se ela não existisse, a morte. Quando viesse, que venha. Por ora, então, afastava-se dessas questões. Era preciso se expandir para os lados, horizontalidade. Por ora, também, nisso não pensaria. Dieta restrita, a dele. Na engorda, só guloseimas e doces. Dieta de prazeres; o melhor remédio contra a angústia. Palavra do Senhor. Amém.

Mas ainda doía, com dores de cabeça. Dores que subiam pela nuca, entorpecendo, cegando. Sensação de flutuar, sem chão, sem eira nem beira, abandono, desamparo, peito apertado, garganta apertada; angústia. Desfalecimento, desmoronamento, arbusto que tomba e quer voltar a ser terra; fracasso. Absoluto fracasso. E o mal-estar no corpo, o mal-estar na mente; e a fadiga, e o desânimo, e a vista embaçada. Sem ver nada, sem enxergar direito, míope, pássaro na água, ou peixe claro em águas turvas. A vida, então, toda ela submersa. Caminhar na rua com o peso de milhões de toneladas de água, entrar no banco submerso, com roupas de mergulho e tanque de ar, tudo exigindo o maior esforço, todos os mínimos movimentos do dia, do dia a dia, difíceis, árduos, intoleráveis. Nada fazia sentido para ele, no momento de maior aturdimento. Escondera-se. Nem mesmo os mínimos movimentos, os menores gestos. Levantar um pedaço de papel. Virar a mão para um lado ou para outro. Caminhar até a cozinha pela direita ou pela esquerda do sofá. Gestos desprovidos de qualquer sentido, absoluta absurdidade. A dificuldade em levantar-se de uma cadeira. Para quê? O heroísmo no ato de comer, prolongando a existência. Porém, não se para.

Tombados no tempo, o próprio tempo parece se fazer de algum modo material, nos escora, nos carrega, nos empurra para frente. Mesmo se a contragosto. O que nos rege? O que rege os movimentos de um bicho, de uma pessoa? O que nos impele, inapelável, inescrutável? Como e quem escolhe? A estranheza. Era muito estranho ter um corpo, sempre o fora, mas principalmente agora, quando o corpo todo era só tombo, só ferida, virado ao avesso, pura palpitação dolorosa, com sinais contraditórios para todos os lados; e a mente, a mente a maquinar mil perversidades, a mente incomodada, incapaz de se olhar, com nojo de si, baço, embaçado, e fígado e moelas e nada, nada sagrado; apenas o mal-estar e os piores sentimentos. deus, aqui era o inferno. O inferno, descobrira dentro dele. Ele, que sempre almejara o paraíso. O paraíso talvez não exista, mas o inferno definitivamente existia. O inferno era ali mesmo, no corpo aberto, exposto, sofrendo. Era isso, a vida. Era essa a dádiva da vida. A dor. Pois a vida era isso, essa voragem, essa vertigem. A vida é toda ela vazia. A vida é vazia, absurda. Ele quisera suportar uma vida sem sentido algum, essa sua grande pretensão, que falira. Quisera segurar a vida pelos chifres, absolutamente nua, absolutamente crua. E fora justamente atropelado por ela, pela vida. A vida não tolera. A vida é demais, para qualquer pessoa, a vida é demais. É preciso proteger-se da vida. Para se ter uma vida, é preciso proteger-se da vida. Pois a vida, essa nossa vida, pura vertigem, só tem sentido, só é domada, com defesas bem colocadas, com anteparos. A vida só tem sentido com as coisas que colocamos nela; filhos, projetos, metas. Não é futilidade, não é apenas vaidade; é necessidade, é sobrevivência. Era preciso a todo custo acreditar nas coisas, era preciso baixar a bola, aprender a querer coisas menores, efêmeras. Era preciso aprender a ser um homem, com todas suas tolices e bobagens. Era preciso abrir mão do grande gozo, e servir-se do pequeno gozo, dos pequenos prazeres do mundo. Era preciso, nem que seja aos prantos, nem que fosse obrigado, aprender a amar. Era preciso livrar-se da culpa. Culpa de quê, meu deus. Culpa de quê? Mistério, mistério. Descobriria.

Era justamente necessário, agora, aprender a amar, as pessoas; o que significava, também, aprender a amar-se. Era disso que era culpado, de não saber se amar? Isso só pode ser bobagem. O Amor não quer dizer nada, é uma palavra vazia. O amor só pode nascer de coisas bem concretas, o contato do corpo, o desejo, o prazer. Só amamos a quem nos dá prazer, essa é a verdade. Mas as coisas se complicam, sim, as coisas tendem a se complicar, às vezes, isso também é verdade. Pois amamos também quem nos odeia. Ou pensamos que amamos. Desejamos também quem nos odeia, quem nos rejeita. Ás vezes de forma muito intensa. E rejeitamos, com asco, quem nos ama. Isso era verdade também para ele; disso era culpado? Não sabia, parecia-lhe ridículo. Nojo de si mesmo, asco? Tombamento. Desfalecimento, abatimento, prostração, desesperança. Se essas palavras existem, é porque essas experiências existem. Quantas gerações de pessoas sofrendo, deus meu? Para quê? Sim, também existem as palavras êxtase, felicidade, plenitude. Mas essas haviam perdido o sentido. Para ele, só ruína. De que era culpado? De ter desejado sua mãe. Seria isso? Quando? De ter visto sua mãe nua, no chuveiro? De ter tomado banho com sua mãe. De ter, talvez, desejado a morte do seu pai, do seu irmão? Seriam essas coisas, supostas, os crimes capitais, o pecado original? De se vestir de menina, diante do espelho de sua casa? Isso? Ter-se desnudado como uma menina, no imenso espelho do quarto, na penumbra? O pau escondido entre as pernas; pelos da escova de cabelos da mãe a fingirem-se de pelos púbicos, que ele ainda não tinha; os braços apertados contra o tronco, a formar uma fingida saliência de seios, ou dobrados diante do corpo, também inventando os seios que não existiam e que jamais existiriam. Dançar nu, nua, pela sala de jantar trancada, o pau amarrado entre as pernas, a liberdade das pernas abertas, abrindo-as aos passos de bailarina, sem a presença de nada, sem um pau a pender-lhe e estorvar-lhe o frescor e a beleza? Dessas fantasias era culpado? E porque elas ainda mexiam com ele, provocando um prolongado langor, um forte suspiro, aspiração, vontade doida de amar e de desfalecer... vontade de se entregar. Dessas fantasias femininas era culpado? Ou do que elas escondem? E o que elas escondem, meu deus? Ele não sabia; ele não sabia de nada, ele nunca soube. Inocente. Inocente? Com toda certeza, não. Culpado. Mas, culpado de quê? perguntava-se a todo tempo. Ao levantar-se pela manhã, mesmo durante a infância, durante a adolescência: a culpa. Culpado de quê, meu deus? Mas agora, era hora, isso sim decidira, de ser homem. Seria melhor assim? Passo adiante? Perverso, que fosse. Melhor sádico que masoquista, achava. E agora, gastava-se sem arrependimentos. Ou melhor, com poucos. Sem tantas reservas. Agora era o foda-se. Gastava-se. Esvaía-se. Agora vivia num mundo sem sentido, sem ordem, sem objetivo algum. Viver era ao deus dará; e batia. A ordem era bater. Coices, coices, murros. Agora seria na porrada. No vai ou racha, na bucha. Se rachou, se estava rachado, então, agora tinha que ir, era hora. Agora era o deus nos acuda. Era a puta que pariu. Os quintos dos infernos. O inominável.

O inominável. O caralho a quatro. Todas as culpas do mundo, assumiria. Pois era inocente. Agora com desejos à flor da pele. Desejos canibais. Sente vontade de se despir e se expor. Vontade de morder as mulheres, beliscar as mulheres, comer as mulheres, degluti-las completamente, até poder compreendê-las. Pois, no fundo sua questão era aquela mesma, aquela tão simplesmente colocada: o que quer uma mulher? Então, agora era o foda-se. No mundo absurdo, na vida absurda, partido ao meio, urrando de dor, ele se despia de todos os pudores. Era puro pus que vertia. Assumia que queria tudo. Queria porque queria. Era bom este inferno? Não, era ruim. A pressão de um corpo esburacado, demandando por todos os lados, primitivo, primário. Ele era o perverso, agora e sempre. Ele era. Ele aspirava pela Mulher, ele queria ser Mulher, ele desejava o gozo total; era preciso dizer a ele que isso era impossível. Era preciso que alguém dissesse a ele que isso é impossível. Impossível. Mas ele não ouvia. Não escutava. Animal. Disso tudo era culpado. Desse desejo voraz, sem fim. Dessa incapacidade ou pouca vontade em ser pessoa comum, em conformar-se. Besta. A besta queria continuar sendo besta, menosprezando as tolas ambições humanas. O que se recusa a fazer a passagem, a se humanizar. Então, tome. Sua ferida profunda é o que você pediu, é o que você merece. Ele merecia essa dor, ele pensava, os dentes cerrados, obstinando. Ele merecia, pois fora estúpido. Fingira-se de mulher, intrometido no meio das mulheres. Achava que ninguém perceberia sua ereção? Entre as mulheres, fingindo-se de mulher, quando era um homem, filho de homem, homem voraz; mais homem que a maioria dos homens. E agora, o que acontecia? A segunda asa da sua vida se abria, exigindo tal hombridade. Exigindo coerência e realizações. Esse filho da puta era um homem, e que homem fosse. Homem suficiente para se castigar, e para se perdoar. Mas não haverá perdão, por enquanto. Pois essa dor, disso ele sabia muito bem, essa dor do autoflagelo, do castigo, doía bem menos do que a dor aberta pela ferida, pela perda do objeto investido pelo Amor, pela derrota total. Autoflagelar-se era uma benção, pois, ao menos, mantinha o controle. Era ele que se batia, ele, o masculino, o sádico, todo-poderoso. Era ele o juiz e o algoz. Melhor do que vítima passiva de um erro, de um estranho passo que não podia entender. Mas, um dia, estava marcado, um dia ele entenderia. O que lhe feriu, afinal, e tão fundo? Não sabia. Culpado de antemão, podia, ao menos, investigar a culpa. A pergunta persistia: de que era culpado?

Não sabia do que era culpado, mas sabia a pena a qual fora condenado: fuga, subterfúgio, verniz. A ferida, a bomba, já carregava em si, em potência: fora ele, afinal, quem, sem saber, dividira sua própria vida em dois, e escolhera uma parte em detrimento da outra, escolhera a esquerda ao invés da direita, escolhera colocar uma parte ao sol e a outra relegar à sombra, ao escuro; viver uma e recalcar a outra. Se agora, com a força de um tsunami, de um abalo sísmico, a parte submersa emergia, vinha à tona, quem ele poderia culpar a não ser a si mesmo? Fora condenado a esse sofrimento, é verdade, mas o sofrimento não é a perda do Amor, e sim apenas se mascara dela. A origem do sofrimento é anterior, mais funda, e ele agora não pode insistir em desviar sua atenção. Não pode. Já suporta a dor suficientemente para olhá-la de frente, a ferida já começara a se cicatrizar, ele sabia. Lá nas rasas superfícies das bordas, é verdade, mas já se cicatrizava. Mas, lá no fundo, ainda doía, doida. Por isso a ânsia de encontrar na figura dela, da dor, causa e consequência. Como voo e castigo. Mas ainda nada encontrava: rabisco, mancha, borrão. Então, ficava na mesma: não sabia do que era culpado.

Então, vai dormir. Dorme; no meio do dia, no meio do alvoroço da tarde. Desliga-se, dorme, como se fosse a boa morte. Isso aprendera com um amigo: se atordoado, se não souber o que fazer, se confuso: durma. E ele é capaz disso. Uma benção, uma dádiva – para ser anotada na lista de bênçãos, talvez um dia esta lista pode vir a salvá-lo. Nem tudo são tristezas, meu deus, nem tudo. Nem tudo está condenado à morte, ao fracasso, a sucumbir à força da entropia. Não. Era preciso resistir, apostar na vida. Florescer. Mas antes, para se recompor: dormir um pouco. Outra bênção: longe já estão os piores dias, não os imediatamente após a tragédia, o desastre (pois nestes até que reagira bem, em pé), mas os que vieram semanas depois, e foram se intensificando, para seu horror e desespero ainda maior, à medida que passavam os meses. Tombara, fora, de fato, atingido nos fundamentos. Como as Torres Gêmeas, tombara. Não foi imediato, mas foi constante: do começo ao fim, num crescendo, até não sobrar pedra sobre pedra, até atingir o fundo do poço. O brutal atordoamento; e aí, sim: a incapacidade de dormir, de comer; a catatonia. Longe já esses dias, amém. Já se movimentava no tempo e no espaço, sem que isso causasse um insuportável desconforto, uma perplexidade: como se fora uma aberração, um monstro. Já se movimentava normalmente, como qualquer pessoa, sem maior estranheza. Já podia ler, escrever, comer; e dormir. Então, dormia. No meio do dia, a dádiva do sono. Caía em seus ralos, afundava, dissipava-se, apagava a consciência da vida, de estar vivo, por demais absurda, pulsando, pulsando sem sentido. No sono, a pulsação continuava, é verdade, mas já não era tão consciente. Longe já os dias em que acordava (quando conseguia dormir) asfixiado pela própria angústia, temendo a morte, morrendo. Dormia, e ao despertar, poucas horas depois, invariavelmente a vida se encontrava mais organizada, mais suportável. Geralmente, as horas mais quentes e luminosas já haviam passado, a noite se anunciava num manto de doçura e trégua. Dormia, por não saber de nada, exausto com a procura. O corpo todo pulsava, doía. Não sabia do que era culpado no passado, na origem. Mas conhecia suas culpas atuais. Muitas. E essas também pesavam; contorciam a garganta. Um homem é sempre um ser falhado; errante. Que somos todos assim, era um consolo; ao menos. Condição humana, nem melhor nem pior que ninguém. Viver é mesmo muito difícil. Conhecia suas culpas, e sua entropia. A máscara da mulher amada fora retirada, como mero verniz, disfarçando a ferida profunda. Aceitara. Mas talvez houvesse pistas na máscara, embora tivesse prometido a si mesmo que não voltaria a esse assunto. Mas voltava, na verdade, mais por fuga e medo e fixação do que por sincera investigação. Pensar naquilo era recusar-se a caminhar para frente. Então, resistia. Já conhecia todas as pistas. Esta, que quer escrever agora: ela era puro dejeto. Apaixonara-se por um dejeto; não servia como boa pista? Entropia, entropia. Não queria falar mais nisso, não podia. Era preciso seguir adiante. Costura.

O dejeto fazia parte da outra metade, já morta, já passado; o dejeto já era, sempre passado. A outra ala, agora, a outra asa da borboleta, a outra parte da pera. Que seja. Sim, sim, havia prometido e assinado: um dia voltaria, para completar o círculo, a mandala. Sim; mas não agora. Agora precisava caminhar adiante, no escuro mesmo. Olhos fechados no escuro. Sem dar a mão para ninguém. Ninguém sabia de nada, e não havia doçura em corpo algum. Precisava aceitar isso; e entrar no poço.

Ele perdera a fé. Trivial para alguns, por jamais terem se colocado tais questões, a fé, ou qualquer palavra do campo semântico religioso, não faz muito sentido. No entanto, embora não dirigida aos deuses ou a alguma energia ou misteriosa entidade supra humana, onisciente, onipresente e onipotente – que fosse – sensações diluídas (em suas metas e objetos rebaixados, mas frequentemente fortes em suas raízes e apegos) de fé, sacralidade e catarse, por exemplo, persistem como endemias que proliferam no dia a dia das pessoas, com seus rituais, suas fotografias, suas fantasias românticas, seus ídolos culturais ou esportivos, seus times de futebol. De tudo isso ele se afastara, ou procurara se afastar. Desnudando-se de todas as defesas, dos anteparos, ele, herói, saíra ao encalço da luminosidade mais pura. Não era um religioso, sempre desprezara a religião como o refúgio dos fracos. Sentia um misto de compaixão e ódio pelos fracos. Seria ele, no fundo, também um fraco? Percebia na religião apenas um pano de fundo, um contraponto, uma escada erguida apenas com a finalidade de subir-se, e que, ao fim da escalada, poderia ser descartada como inútil, um sistema contra o qual entrar em embate dialético, o Outro necessário do misticismo, seu lado terreno. Pois era um místico. Para além de tudo, ele pensava; um místico. Um alquimista do espírito. Assim como poucos entendem, de fato, o que é arte, ou são capazes de sentir um arrebatamento estético diante de uma obra, e muito menos ainda são artistas, ainda menos pessoas no mundo compreendem o sentimento religioso, e menos ainda os êxtases e sofrimentos místicos. Ele perdera a fé; mas não era exatamente a fé que ele perdera – ele perdera a esperança? Não, a esperança soava-lhe por demais mundano: ele perdera a Fé. Ou, pelo menos, então, colocara-a de lado, fechada para balanço. Ele perdera algo que era o alicerce e o sustento de sua vida. Mas ele não a perdera, completamente; aquilo fora deslocado. Teriam sido insuficientes seus esforços? Teria sido ridícula sua renúncia? Pois o Amor, este ente divino, prometido pelo caminho místico, é ferozmente exigente: é tudo ou nada. Seu tudo não fora o suficiente; e seu tudo era nada. Seu tudo minara, fizera água: ele não fora sincero. Fracassara ele, ou era o fracasso de todo o sendeiro? Não sabia se perdera ou não a fé, porque não sabia que fé perdera: em si ou no caminho. Nenhuma das duas, as duas, um pouco das duas. O caminho era para poucos, chegara ao seu limite. Falhara, tomara o rumo errado, dera crédito ao canto da sereia. Estava predestinado? Não sabia. Disso não sabia; ainda. Um dia, sim, compreenderia. Um dia saberia exatamente em que e onde falhara, e qual era a culpa, de si, do próprio caminho, ou do tempo nosso – tempo de apelo direto ao inconsciente; idade do ferro. A queda já estava inscrita no caminho; no seu caminho? Poderia ter evitado? Ele procurara, com todas as forças (mas suas forças eram fracas, isso agora sabia) esvaziar-se. A sua companheira era a renúncia. Mas chegara ao seu limite, incapaz de dar o salto final. Que salto seria esse? Flutuava sobre o mundo, como se já fosse um homem morto. Flutuava, em altas ondas de amor, como um surfista de alto-mar; ondas gigantescas. Surfava, mas (isso não sabia) era um esporte muito perigoso. Sabia e não sabia. Sentia-se a salvo. *Onde está o mal? Não há mal, no mundo. Não há nada no mundo que seja sujo, nada que possa conspurcar*, iludia-se. Dava as bênçãos, mas, sua vida, mesmo, que sentido tinha? A vida não tinha sentido nenhum, e o Amor bastava. Mas o amor (isso não sabia – sabia e não sabia) precisa ser protegido. Ele não tinha anteparos, não tinha proteções, não tinha cercas; ele era um todo vulnerável. Despido: em contato direto com o que pulsava. E tudo era dourado e azul. Era. A vida não tinha sentido, é claro, mas o amor redimia tudo. O Amor. Surfava. Flutuava. Mas, isso não sabia, era um santo de pau oco. Flutuava sobre uma bolha de ar, pela própria força dessa bolha. Simplesmente, flutuava, árvore alada, sem raízes. Raízes ao ar, alimentando-se de luz. Achava: era preciso seiva, sentir-se bem no mundo, presente, colocar a terra nos pés. Ora, achava: era preciso entusiasmar-se pelas coisas do mundo. Isso achava, sabia, intuição. Era preciso enlaçar-se, de alguma forma; inventar algum sentido, mesmo se puro artifício, o poeta-fingidor, enfim, existir. Era preciso existir no mundo, afinal. Era preciso, então, vir a ser. Isso ele pensou, com certeza e felicidade: projeto de vida. Caprichar na vida, ele pensou. Mas disso, ele não sabia nada. E dividir o Amor em mil amores menores, ele não sabia. E não sabia que o Amor é bomba atômica, que pode explodir. Explodiu. Explodiria de qualquer forma? Não sabia; um dia saberia. O que, na vida, poderia fazer sentido? Se não o Amor, o amor; pensou. Se não o Amor, o amor. Por que guardar-se tanto, por que renunciar ao prazer? Gastaria um pouco do seu gozo, para o bem do prazer. Compraria, com o ouro do seu gozo, um pouco de prazer. Conquistaria, com o vigor do seu gozo retido, um mundo de prazer. Mas disso, ele não sabia nada. Cortejaria, então, uma mulher. Escolheria, então, uma mulher. Uma mulher para dedicar-se, com todo o seu Amor. Mas, disso, ele não sabia nada. Não sabia que uma mulher é apenas uma mulher, nada mais. Uma mulher é apenas uma mulher, e se isso era pouco, era porque é mesmo pouco o amor do mundo; o prazer do mundo; o gozo do mundo. Pouco, escasso, parco; e com muito esforço conquistado. Não sabia – embora soubesse, no fundo: não fora disso, dessa pobreza, que fugira? Não sabia. Na verdade, não abrira mão de nada. Achava que a mulher gozava, suposto, e que, com uma mulher, faria laço. Não sabe o que achava; um dia saberá. Com toda sua força, transferiu-se todo para ela. Cuidar dela, como se cuidasse de si? Pois não sabia, mas no fundo sabia, o quão precário era, perdido. Disso fugira; falso herói? Os dourados e azuis se enegreceram. As águas sujas dela turvando seu oceano: e ele sem forças para processar tanto petróleo, tanto esgoto cru. Sucumbiu. Todo transferido, como se ela fosse deus, estava tombado sobre no nada; abismo. Foram caindo os alicerces, os fundamentos, a sustentação de toda uma vida. Não sobrou pedra sobre pedra. A água invadindo, levando tudo, derrubando paredes; ele morrendo afogado.

Uma pessoa é uma pessoa, como tantas outras, como todas as outras – ou quase. Mas isso, ele já sabia; pois isso todo mundo sabe. Mas não sabia, ou sabia, não sabendo. Como explicar; se, mesmo sabendo, atendera ao aceno da sereia, ao chamado? Pois houve o chamado místico, diríamos assim, um dia: o chamado ao voo, a via negativa. E houve o outro, chamado mágico, diríamos assim, em retorno: queda em direção ao corpo. E atendera, prontamente, ambos os chamados, tonto. A que forças respondia, durante toda a vida? Não sabia. Há muito mais coisas que não sabemos que coisas que sabemos – isso ele desconfiava, consolando-se. Mas não era, esse suposto retorno, exatamente ao corpo. Pois o corpo é inacessível – aprendia. O corpo não existe, era uma descida para... para além do corpo, além-corpo? O que sobe desce, na mesma medida? Não sabia. Achava que deveria ter resistido, talvez: sim, em deusa não se toca – destino de homem, diante de deus, é ajoelhar-se. Mãe. Então, cometera um sacrilégio? Ora, pois, mas não era um homem, e um homem não deseja as mulheres? Mas parece ser que a lei do mundo é: ou uma coisa ou outra. Ou ser ou não-ser, mas jamais os dois juntos. O problema é que ele era muito ambicioso. Queria tudo; queria ser tudo e todos. E queria, também, agora, ser ele: gozar o seu quinhão de gozo. Impulsível? Não sabe, não sabia. Talvez um dia saiba... talvez um dia consiga. Por ora, era escolher uma das duas. E escolhia o ser: gente, homem comum, no escorrer do tempo. Homens gozam de mulheres, e pronto. Ou de outros homens, não importa. O que importa é que pessoas gozam de pessoas, entre pessoas, e não de deuses. Esse o ponto. Isso ele não sabia, se confundira. Teria sido isso? Nada de ruim teria acontecido, nada teria acontecido, se fosse capaz de amar normalmente, como gente. Como uma pessoa ama outra. Mas isso ele não podia. Isso ele não sabia. Isso ele realmente não sabia, com um pé aqui e outro ali. Descendo a escada para o reino do mundo, um pé já estava no rés do chão, enquanto o outro permanecia no degrau superior, ideal. Tropeçou. Caiu de boca no piso, na lama. Quebrou-se todo, como se houvesse ali, entre aqueles degraus, entre o último (o último?) e penúltimo degraus, um véu de vidro, uma película, que se romperia como um hímen, sangrando e marcando: nascimento. Seria isso? Seria assim, sempre? Machucara-se. Impossível fazer o passo de forma mais elegante? Ah, isso não compraria. Claro que sim. Claro que era possível. Fora péssimo bailarino, essa é a verdade. Mal aprendera suas lições. Porque não era apenas a todos que ele não fora capaz de enxergar bem, como pessoas no mundo. A ele próprio, também. Entre um degrau e outro, a verdade e o ideal, a realidade e a fantasia, mentia. Mentia para si mesmo: ele não era quem pensava que fosse. Ele não se conhecia. Ele apenas se imaginava, sozinho em seu mundo. Havia uma imagem de si, e ela não correspondia à realidade, à, diga-se de passagem, ainda estranha realidade. Ele não valia nada. Aqui, entre pessoas, ele não valia nada. Não passava de um monstro. Pior: um monstro presunçoso. Pior: um monstro machucado. Ele escolhera o mais imerecido dos objetos para amar: escolhera a si mesmo, em espelho? Não sabia, não sabia, não sabia; isso ainda doía. Trançara as pernas. Perdeu-se no que era ele, no que era. Entrara, sim, sabia, no mundo dos espelhos e sombras; mundo de fragmentos. Confuso, entrara – mas não no poço, ainda.

Tudo era mais complexo, mais complicado, mais confuso do que isso. Do que ele articulava, do que era capaz de articular, do que punha em palavras. Muito mais obscuro, mais tortuoso. Trançara as pernas, é verdade, mas estava agora trançando as palavras, arriscando-se a cometer os mesmos erros, ou outros, parecidos, mil distorções. Só se sabe sempre a posteriori, depois? Tudo sempre inventado? Sim, possivelmente. O momento é puro, especialmente quando nele eclode o impensável. Trançava as pernas, é verdade, ainda. Sabia falar do mais profundo e do mais elevado, mas não sabia do rés do chão, mundo dos homens. Sim, esse o caso. A escada vinha do alto, a escada vinha de baixo, mas o ponto de encontro não chegava. Como se fosse uma escada espelhada, quando mais se subia, mais se descia; mas, no ponto de encontro: nada. Ou tudo. Presença. Uma perna, vamos supor, veio de cima, a outra, de baixo, e ele se encontrara no meio, ponto de encontro e explosão, emergência, calçada. O espelho se rompera ali, à sua presença. Irrupção. Aparecimento. Advento. Manifestação. Aparição. Saimento. Vinda. Nascimento. Ali, abria-se, não, então, o tempo, mas, principalmente, o espaço. Fazia-se horizonte. Sua vida ganhava horizontalidade, superfícies. Esse o novo movimento, na possibilidade do amar. Dádiva? Bênção. Fazia-se, então, gente. Era dividido ao meio, e agora ganhava inteireza. Só acreditava no bem, e agora incorporava o seu lado mau. Havia, sim, muita maldade no mundo, e nele também. Vivia num mundo imaginado, agora caía na terra. Era culpado, sim, pois todos os homens são culpados. Desejava, cobiçava, fomentava crueldades. Era um homem, afinal, para o bem e para o mal, com todas suas dores e delícias. Nascia, então. Mas por que isso doía tanto, por que tanto feria? A cicatriz, então, era aquilo que unia dois lados de um mesmo ser que havia estado dividido; presilhas. A ferida, então, era apenas confirmação de existência, boas-vindas ao mundo. Mas que boas-vindas à vida são essas, que se pareciam com a morte?

Mas que vida é essa, tão dolorosa? Não entendia. Não podia entender. Ainda. Quem sabe um dia? Mas era verdade que já vivia dias, dias de felicidade, em alguns dias, momentos, vinha-lhe uma doçura, uma doçura terna e um tanto lasciva, como outrora; como nos bons dias: uma ternura lenta, uma languidez de chuva, de chuvisco lá fora na janela, de tarde cinzenta, de silêncios, de árvores balançando ao vento, de lençóis e travesseiros, de tempo em suspenso, doce, doce, doce. Com lágrimas nos olhos, vinham-se agora às vezes momentos assim; sinal, quem sabe, que a ferida se curava.

Era ao mesmo tempo uma queda e um nascimento. Não se resolvia no que seria, ao certo. Não sabia. Era difícil. Só sabia que doía. Muito. Ou talvez não fosse nem uma queda nem um nascimento, mas pura e simplesmente um tropeço, uma pedra no meio do caminho, um mau passo. Pois isso não acontece com as pessoas? A morte de um ente querido, o fracasso de um filho, um mau investimento, uma falência, um casamento que se desfaz, enfim, coisas da vida. Isso não acontecia? Afinal, não acontecia isso sempre, na vida? Sim, acontecia. O tempo todo. Seu mal talvez tenha sido querer fugir da vida. Ficar imune, inventar um lugar de imunidade. Queda e nascimento, portanto. Ambos. Furo de uma bolha, fracasso de um plano; de escape, de fuga. Mas, também, coisa da vida: puro tropeço. Ou, nem isso: pura vida mesmo, a vida é assim. Saliências, superfícies ásperas, passagens difíceis. Ou saturno passando no meio do céu, em oposição a si mesmo, ou ao sol, ou trânsito de plutão, ou de netuno, senhor da ilusão, lançando pessoas em saltos e sobressaltos, constrangimentos, derrotas, impossibilidades e solidões. Solidão. Sim, isso havia. Desde sempre. Não que fosse tão ruim, a solidão, ele estava acostumado, e até cultivava. Mas sabia que perdia algo, algo pagava: a incapacidade de amar, de doar-se, prevenia uma vida mais plena. Isolamento. Lá vivia consigo mesmo, vida, de certa maneira, distante da vida. Não que a vida esteja em algum lugar. A vida não está em parte alguma. A vida está em todas as partes. Não entendia, era pessoa humana legítima? Ora, sim, era; bem ou mal enganchada na vida. Não melhor nem pior que ninguém que conhecia. Mas conhecia alguém? A vida é mesmo bárbara, uma barbaridade. A vida é absurda, vertigem absoluta. Não, não conhecia ninguém; nem a si mesmo. No entanto, escrevia; dava boa-tarde, boa-noite. Desejava, principalmente as mulheres. Desejava as mulheres que não sabia, e isso, ao menos, era alguma coisa, era um começo. Quem deseja está vivo. Quem tem cem desejos tem cem mortificações? Pode ser. Quem deseja se mortifica. Quem deseja está morto? E quem ama, está vivo? Importa? Não, não importa agora. Queria, sim, desejar e amar, o mais plenamente possível. Enganchado na vida, engajado, mesmo sem conhecê-la, mesmo sem saber nada dela, a vida. Avidamente.

Para além dela não havia nada. E este nada é o *estar-aí*. Isso. Aqui. Mas, que para além da vida não havia nada, isso ele já não sabia? Sabia, evidentemente, óbvio que era. Sabia e, mesmo assim, caíra. A ideia da queda machucava-o; açoite em riste. Como poderia? Como pode? Decepção. Ele, que tivera o privilégio de acessar altos conhecimentos; ele, que conquistara elevados estágios espirituais; ele, que servira de guia e conselheiro; ele, que, aos seus próprios olhos, era um homem bom. No fundo, apenas amara uma imagem, e quisera devorá-la. Fizera do outro, e de si mesmo, um objeto, e chamara isso de Amor? Pior: exigira de volta um amor inaudito, incondicional, e em seus próprios termos. Infantil. Chamara de amor o que não passava de vontade de dominação, posse e controle. Sádico. Amara o precário porque o precário é mais próximo de ser um objeto? Não suportava a diferença, ele, que se julgava um justo? Quisera moldar o outro de acordo com seus desejos? Disso tudo era culpado, sem dúvida. Mas a queda, pensava, não era inevitável, inconformado. E se torturava. Entre todos, ele, deveria ter mais consciência. Deveria? O que o cegara? Por que não soubera se amarrar ao mastro, encher os ouvidos de cera? Não sabia, não soubera. Orai e vigiai; não fizera, confiante no nada. O importante, no entanto, agora, não era sofrer, e sim reerguer a escada que o afastaria do sofrimento. Sobrevivia. E não cairia no mesmo engodo, não procuraria uma ascensão rápida, não fugiria. Saborearia cada gota do martírio, para impregná-lo no seu corpo. Para além de sofrer, queria aprender. Aceitaria seu lugar humano, desejante. Pelo menos, por enquanto. Prestaria atenção em seus desejos. Ainda que envergonhado. Ainda que timidamente. Ora, bolas, tinha o direito. Prestaria atenção nos seus desejos, ainda que rebaixados. Tinha o direito de desejar, de colocar demandas. Não sabia amar? Não, não sabia. Mas aprenderia. Aprenderia a amar o amor humano, desses de carne e tempo; imperfeição e incompleto sempre, sempre, sempre. Teria o dom de amar; amar por si só, amar e, ao mesmo tempo, amando: pessoas. Amaria o mundo, aprenderia. Humildemente se dava conta que não sabia amar, apesar de tudo, mais uma vez. Voltava ao fim da fila, faria tudo de novo: aprenderia. Humildemente, descia o primeiro degrau.

Mas ainda faltava muito. Na superfície, já retomara sua vida, e já não se falava mais nisso. Mas, no fundo, ainda doía, e como doía. Na superfície da vida, a vida corria. Pois a vida é na superfície. Mas, no fundo, ainda pulsava a ferida, sem esperanças. Então, ele vivia a vida, ou melhor, fazia as moções de uma vida, fingia que estava vivo, e estava, vivia a vida, mas quase como uma máscara, pois se concentrava lá no fundo, onde tudo sangrava, ainda. E sentia-se como se não estivesse vivendo a vida, desperdiçando-a; enquanto os outros viviam o dia, ele pensava, ele vivia o nada, outra coisa, vivia em outro tempo, um tempo onde todo o esforço é para suturar um corte, enganchar um lado e outro, recuperar o direito de estar vivo. Mas os outros, ele sabia, também sofriam. Ninguém; ou muito poucos, ou alguns, por um curto tempo, como ele também já experimentara, emergiam, às vezes, quase que por milagre (mas, na verdade, por zeloso e contínuo esforço), à superfície: a incrível luminosidade. Com zelo e contínuo esforço, ele sabia. Havia sido com muito trabalho que ele havia conquistado, pelo menos por um tempo já distante em sua vida, um estado excelso, jubiloso. Quanto mais alto o voo, maior a queda? Sim, ele conhecera a felicidade, a alegria leve e dadivosa de viver. A felicidade não precisa de justificativas, não precisa compreender nada; é apenas o infortúnio que necessita de tantas e tantas palavras. As palavras não brotam da abundância do amor, pelo contrário, elas nascem da urgência da dor. E agora, ainda, ele doía. E, com ele, a humanidade, ou quase toda. Isso era consolo? Para ele, era. Não adiantava nada, é verdade; mas consolava, um pouco. Não estava sozinho. Ou melhor, estava sozinho, e esta é a verdade: uma pessoa é um bicho só; mas não estava. Sofremos todos, nesse mundo absurdo. Absurdo? Era preciso saber que se escondia em algum recôndito, como rios subterrâneos ou riachos no meio da mata, uma realidade estranha e quase inacessível. Uma outra ordem, superior, das coisas. Era preciso recuperar a fé em algo que nos escapa, mas que aspiramos e para o qual, às duras penas, aos trancos e barrancos, caminhamos. Era preciso saber, mas não sabia. Não sabia de nada, nevoeiro. Em nevoeiro, caminhava.

Lástima. E o perdão não vinha. Porque o perdão não vem. Nunca. O perdão não vem; o que vem é o esquecimento, a indiferença – se formos felizes. Por isso ele não procurava, fazia o exercício da distância. Enquanto queimasse a ferida, a máscara, a máscara dela, máscara dele, ficaria a distância, mantida longe, como um copo de vinho, inofensivo para a maioria, mas o portal das trevas para o alcoólatra. Dor de abstinência, também poderia ser chamada a dor que sentia, a chaga aberta. Pois ela, sua heroína, era sua cocaína. Como um ser humano podia se transformar em alguma coisa tão perigosa? Não sabia. Como não sabia como também pode se transformar numa coisa maravilhosa, a coisa mais preciosa do mundo. Mistérios. Mistérios profundos, que escondem um ferro ardente, navalha na carne. Isso foi; é. Ainda. Mas estava combinado que disso não se falaria; estava. Pois era preciso entrar no poço escuro de si mesmo, e essa imagem era o primeiro obstáculo; bastião, defesa. Algo nele agarrava-se àquela imagem, para o bem e para o mal. Pois além dela, dessa imagem, desta fixação, haveria o abismo profundo poço sem fundo, fundo sem poço. E havia. Para além dela era o mais além; loucura. Ou sanidade? Pois era preciso afastar a imagem, afastar a máscara, abrir o bueiro, o alçapão. Não era mais possível ficar ali; doía. Doía demais, era preciso uma ação mais profunda, cirurgia; abrir as veias, as vísceras, revelar as fibras, os nervos, as enzimas; desvelar o mecanismo da máquina de sofrer. Sofria. O sofrimento porvir deve ser evitado? Deveria? Mas fracassara. Não sabia. Não sabia defender-se; o que mais almejara, o que jamais tivera face, o inefável objeto do gozo, ganhara um nome e um corpo. Aurélia. Materializara-se. Como podia resistir? Não vira, não percebera, apesar das mil recomendações, dos mil avisos. A quimera. A sereia. Deveria saber, mas não sabia. Sabia, mas não sabia. Mesmo sabendo, não havia como saber? Diante do abismo, só há uma ação possível: a queda. Caíra. Poderia ter-se mantido afastado? Poderia. Não pode. Pudera. Perdera. Mas não era ela. Era algo que já estava ali, nele, buraco, furo, oco, instalado. Nele e em todos? Possivelmente. Condição humana. O nome dela era, então, apenas casca. Não era ela. Agora, precisava entrar no buraco, no poço. Precisava? Era preciso buscar lá, apenas lá, o que buscara do lado de fora, o que buscara nela. Era preciso, pois o investimento fora completo. Não sobrara nada. Não restara nada. Era preciso buscar algo que fosse, vestígio ou traço, de gente: ele. Ele precisava reinventar-se. Dar-se um corpo novo, de palavras, que fosse. E isso era feito, enredando as palavras ao redor do invólucro oco, cartucho ou carretel, cilindro cavo, buraco, enovelando, novelo, fosso, como fios soltos que ganham guarida, labirinto de minotauro resgatado, fios de lã, de ouro, linguagem, fala, fala, falo. Isso fazia ele, incessantemente. Criava-se. Que mais podia fazer? Mais nada. Transferia-se – nada – para a linguagem; ao menos. Algo, quiçá, um pouco menos inefável. Quem sabe? Procurava, assim, transferindo-se, esquecer. Esqueceria? Sim: tudo morto em palavras; um dia. Procurava redimir-se; o perdão vinha suado como uma gramática. Pouco a pouco, construía.

Por que não se esquecia de uma vez, virava a página, davase por contente, peito aberto pra frente, adiante? Pois o sol brilhava diante dele, brilhava: sobrevivera, e tinha tudo de bom em suas mãos, tinha tudo. Mas, por alguma inclinação perversa, quiçá, por algum esmero de maldade consigo próprio, por algum acerto que não acertava dar, não se permitia. Ainda. Fora julgado e condenado por si mesmo, e agora tinha que sofrer. E sofria. Mas já não sofrera o suficiente? Sofrera. Mas insistia: não compreendia. Mas o que havia ali para compreender? Nada. O inominável se dera, arrasando. E não estaria toda e qualquer pessoa a mercê dessas forças? Não sabia. Mas por que precisava saber? Paz, quando teria? Era uma pessoa; afinal, poderia viver também nas sombras, aceitar sua parte obscura, opaca. Poderia, tinha o direito. Mas, por enquanto, ainda não conseguia. E contrapunha todo momento de doçura, toda nova carícia, renovada, em alívio – sim, aceitava, grato, esses momentos de paz, que lhe lembravam a antiga vida –, mas não aceitava por muito tempo, contrapunha esses novos momentos de doçura, renovados, elixir de cura, bálsamo redentor – sim, sim, aceitava, grato, esperançoso, pois sabia, nessas horas, que sobrevivera, que sobreviveria; contrapunha imediatamente, ou quase, esses momentos de calmaria, com a lembrança abjeta, angustiante: como pudera? Como pudera pôr tudo a perder, como pudera quase perder sua vida? E então vinha a imagem dela, daquela que faltava, falta, que sempre faria falta, que faltaria, vinha, para lembrá-lo dela, da falta, a falta ela mesma, para lembrá-lo do fracasso, da queda – como pudera? Mas ao menos – vamos com calma – ele já sentia em alguns momentos essa serenidade, e isso era uma grande conquista, e sabia – sua vida era boa e promissora – que reconquistaria a plenitude de uma existência integrada. Quando? Não sabia. Mas aconteceria, sim, aconteceria. A ferida, pouco a pouco, se curava, a conta-gotas. Esqueceria, como já esquecera outras quedas. Esqueceria, e se controlava nos muitos momentos em que a presença se fazia mais urgente – a ausência. Cocaína. Aguentava. Suportava. Abstinência. Trincava os dentes, se contorcia. Mas não cedia. Ou cedia pouco: um ou outro telefonema. Mas ninguém tinha notícias. Não se sabia. Ele não sabia. Tanto tempo já se passara. Não podia distrair-se com essa falsa imagem; era preciso esforçar-se para manter o foco. Era preciso fugir do buraco, fechar a fenda de carne. Ao mesmo tempo, era preciso penetrá-la, adentrar o poço profundo, com a lanterna das palavras. Isso ele fazia. Se como caranguejo, um passo adiante, dois para trás, se como caranguejo, passos de dança de lado, era porque não conseguia focar a vista no que tinha diante de si. Câncer. Mas avançava, indubitavelmente. Pouco a pouco, avançava. Havia pressa, mas não se podia apressá-lo. Havia pressa, mas não havia. Seja perdido ou desde sempre inalcançável, o objeto precisava ser entendido, digerido. Isso ele fazia. Sem remédios, sem subterfúgios, sem queimar etapas. Suportava. No pulsar da carne, suportava. No trincar dos dentes, suportava. Na garganta amarrada, suportava. Nas nuvens que empapavam a nuca, em aflitiva anestesia, suportava. Nos olhos embaçados, o olhar perdido, sem referência, suportava. E suportaria. Agora, não iria morrer na praia. Sim, já extraía gotas de néctar, novamente, aqui e ali. Faria de sua vida um lago de néctar. Ah, faria. Isso ele agora sabia: uma vida feliz requer muito trabalho; árduo, constante. Uma vida exige disciplina; doação e amor. Exige, exigia. Manter-se acima da dor exige muito esforço. Reconquistaria. Ressubiria. Atravessada a fantasia, reamarraria tudo, com fios de ouro, de vida vivida, amaria. O faria. Sem idealizações. Ah, meu deus, ele pensava, conseguiria? Como pudera?

Um mundo sem sentido é um mundo regredido, ele pensava, sinal de regressão; um mundo evoluído é um mundo pleno de sentido. Isso é conceito de mundo, pensava: humanizado. Seu mundo havia se desumanizado. Por quê? Isso não sabia, não poderia responder. Caíra. Isso sentia. E a ferida provocada pela queda, ou a ferida que provocara a queda – isso não sabia – fluía pus. Da ferida, que pulsava e doía, latejante, escorria rios de pus, preso ainda lá no fundo, inflamado. Ódio. Regredira ao ódio, às fantasias primitivas. Isso sentia, porque disso vivia. Paus e pedras; voragem do absurdo; tudo sem sentido. Seria preciso inventar um sentido, mesmo se falso? Aceitaria agora um sentido falso, apenas por ser sentido, por dar sentido? Mas o Amor – isso ele pensava antes – não seria sentido suficiente, sem necessidade de qualquer justificativa? Pois a alegria era plena em si mesma, mas a infelicidade, esta sim, necessitava de explicações e exigia, exigia sentido, na repugnância humana à sua própria dor. Mas o Amor fora insuficiente. Ou melhor, ele não lograra sustentar a experiência do Amor; seu corpo e mente foram fracos demais, caíra em tentações, fracassara no teste, desabara. Disso era culpado, isso sabia: faltou-lhe tato, bom senso, noção humana das leis e tratos. Sucumbiu às fantasias vorazes, tratando o outro como coisa, comida.

Um objeto num mundo de objetos. Isso era o inferno. Mas o sujeito custava; forjado a ferro e fogo. Pouco a pouco reconstituía doçuras, é verdade. Elaboração de vida, sutilezas, cortesias. Gentileza gera gentileza, disso sempre gostara. Voltava a ser gente humana, simples, doméstica? Isso, nunca fora: seria bom ser? Conformado? Não; melhor: contente. Aquele que tem continente, que está contido. Conteúdo humano. Inventado, falso sentido? Se fosse; não valeria a pena? Que mais poderia fazer um homem, entre outros, a não ser amar? Não o Amar, mas amor humano. Não como imagem, tampouco, mas amar como dádiva, dom de amar: amar. Amor. Continha-se. Estancava a ferida, o fluxo de sangue e pus: melhor. Bom remédio: cultivar o contentamento, o dia-a-dia amoroso. Contínuo exercício amoroso. Isso estava sabendo. Poderia? Conseguiria, honestamente? Perplexidades. Voltava a ser o que era antes, então? Um todo sem sentido, a queda, então? O que ganhara com ela? Pura perda, esforço todo gratuito? Não podia aceitar. Ganhava. Trocava a meditação pela escrita: doação, corpo humano, inventado. Fazia-se, então, presença. Entrava no mundo, sensação. Isso ganhava. Era pouco? Não, não era. Era a mesma coisa de antes? Não, não era – diferença sutil, mas havia. Sutil e vigorosa. Isso era verdade, ou era simplesmente o que queria? Invenção de barra; escada? Não sabia. Agora corria rápido demais? Calma. A transformação era pra valer, garantiria nunca mais cair, subsolo sólido? Não sabia. Quem poderia garantir? Mas poderia, quem sabe, gerar uma vida mais satisfatória. Não apenas o Amor, experimentado nas esferas, mas o amar, a dádiva de permitir-se maravilhas. Vida. Sim, isso era diferente. Isso recebia, talvez, quiçá. Não de graça, mas à custa de muito esforço. Melhor assim, muito melhor, tudo que valia a pena era conquistado nesta vida, na vida, boa vida. Insistia.

Mas às vezes abriam-se as nuvens, e sabia: o que acontecera aconteceria de qualquer jeito. Não fora ela, não fora nada externo: fora ele. Luz de júbilo, reconciliação: era ele mesmo que trazia em si a dor, a queda; e não era queda, também, então, e sim apenas um ajuste; ou melhor, uma completude. Pois vivera dividido ao meio, nada mais, e agora seria inteiro. Um ser presente é isso mesmo. Um ser que deseja, presente; aqui, no mundo, pessoa humana entre outros. Qual o segredo? Nenhum. Não era culpado, então, de nada. Que culpa pode ter um homem, se deseja? Que mal fizera? Nenhum. Dissera sobre si que faltou tato, bom senso, noção humana das leis e tratos. Um homem não pode, então, se apaixonar? Um homem não pode lutar por este amor, com unhas e dentes? Um homem não pode, então, desabar quando perde? Pode. Em que momento então, foi culpado? Se deu tudo que tinha, se ofereceu seu melhor? Isso fez, com certeza. De que é culpado, se, na derrota, não revidou, não agiu em sua dor, não agrediu, mas sofreu calado, amou calado, odiou calado? Que culpa tem uma pessoa se odeia? Ele agora odiava, e isso era tudo. Não houve um crime, houve apenas uma tristeza profunda. Essa foi a queda: a queda de uma fantasia. Essa queda não pode condená-lo. Para um ser humano, não pode haver pena de morte. Pois a pessoa é isso mesmo, ser lançado no abismo, grito lancinante, fazendo o melhor que pode. E o que ele fez, se não foi o máximo, também não foi pouco nobre. Amou estonteantemente, nada mais. Amou tolamente. E lançou o ódio da perda para si mesmo; esse o gesto errado. Lançou a lança do ódio contra si mesmo; como se fora culpado, como se não merecesse amor e vida. Mas merecia. Ah, se merecia. E a vida dele era boa, ele era sensível à maravilha. Reagia. Não mais sofreria porque não conseguiu salvá-la. Quando via algo belo, ao invés de lembrar dela com pesar, poderia, ao contrário, pensar com prazer: *minha vida continua boa, eu me recuperei.* Adiantava? Não adiantava nada; era melhor o ódio. O que descobria era que tinha o direito de odiar. Portanto, não era uma queda, e sim, apenas, um ajuste. Um reajuste; como uma nova prescrição de óculos. Entrava em si mesmo, em seu mundo, no mundo. Tomaria partidos e decisões. Escolheria, ele também. Escolheria como achasse melhor, pensando em si. Egoísta. Antes, quando considerava-se altruísta, os outros frequentemente consideram-no fechado e inacessível; agora, mais presente, mais focado em si, tornava-se, também, mais generoso. Viver é isso. Não houve, então, uma queda, ao contrário, houve uma ascensão. Alcançara, enfim, a si mesmo, ele, que se perdia em labirintos submarinos escuros, ansiando por luz e oxigênio. Respirava. O que importava era ele, ele e o caminho que abria para si mesmo. No dia a dia, esse caminho, realizado, trazia satisfação, trazia contentamento. E isso já justificava a vida; e isso já era transbordamento, doação. Dizia e repetia, tentando convencer-se: de nada era culpado. Era pessoa digna, pessoa amada e amável, com muito a oferecer. E oferecia. Um dia, talvez, compreenderia tudo. Agora, por enquanto, era preciso que se percebesse como digno, decente, merecedor. Era preciso isso para que pudesse caminhar à frente; absolver-se. Absorver-se em si mesmo, não mais tão dividido. Guardar a chibata do martírio, do suplício. Agora era gritar que estava vivo. E que não era responsável pela felicidade de ninguém, apenas de si mesmo. Era preciso cortar as amarras, romper as correntes. Era preciso ser forte e emergir para uma rara categoria de pessoa: sobrevivente. Não qualquer sobrevivente, mas o sobrevivente de si mesmo. Passaria.

Então é e foi tudo ilusão? Vivera, sim, sabia – embora o tempo tenha dissipado tudo, como água entre os dedos, como faz com tudo – e o que sobrara? Memória. Os escombros do tempo; desabado em si mesmo, em espaço algum, isso permanece? Onde? E como saber se as lembranças eram as corretas? Pois não eram, não seriam; e cada um conta um passado diferente. Mistérios, mistérios. Inefáveis imagens; no entanto, essas lembranças insistem, como a recordação de um trauma. Seria possível esquecer, virar a página? Por mais duras que fossem, de quê essas lembranças o defendiam? Isso, ele pensava, sempre perplexo. Sim, era inegável: havia neste momento boas notícias, havia conquistas. Mas sempre tudo inefável; o tempo acumulando-se rapidamente, sem deixar marcas, sem deixar vestígios. E ele, preso num tempo já passado, ele apenas; fixo. Eram as correntes desta fixação que precisavam ser rompidas, escoar a água, libertar o fluxo do tempo: sim, trabalhava, havia boas notícias, havia conquistas. Isso valia alguma coisa, com certeza. Esse fluir é a vida; por mais que não se entenda. Mas as águas prosseguiam turbulentas, como se via. Escorrendo por todos os lados, sem centro, jorrando sem sentido; pulsava a ferida. Quem ele era, afinal? Como podia ser um ser dividido? O que nele sobrevivia, o que pedia para não morrer? O que insistia numa imagem presa, e assim mantinha uma ferida para sempre aberta, apesar da dor? Do que essa imagem, apesar da dor, o defendia – algo em si mesmo, ainda pior?

E era inevitável que um dia viesse tudo à tona e explodisse? Era uma pessoa uma bomba? Quem pensa? Quem escreve? Quem vê? Quem sofre? Quem se lamenta? Quem dói? Não sabia. E nada ou ninguém poderia socorrer: era ele e a companhia dos outros homens, e o pensamento dos outros homens, pela escrita. Já era alguma coisa, uma espécie de engate. Nisso, fechava. Fechava uma presilha, ao menos, e fundamental: falava. Mas quem falava? E o quê, exatamente? A água, e o sangue, ou a palavra sangue, ou a imagem do sangue, e o lodo, escorriam para todos os lados e, apesar dos progressos (que haviam, sim, haviam, estava vivo e não ficara louco), era preciso criar anteparos, canais, caneluras. Escoava-se buscando seu próprio centro, como se fosse possível. Seria? Valia a pena tentar. Se perdia, evidentemente. Mas talvez achar-se, ter um lugar no mundo, ser alguém, seja justamente isso: perder-se completamente. Talvez essa coragem que lhe faltava: abrir mão. Soltar-se.

Houve uma ocasião em que ele acreditou ter se soltado; mas, talvez, o que aconteceu foi apenas um desengajamento, um desistir-se, um rolar para o ralo, uma saída estratégica por baixo, pelos fundos, um abandono que gerou a ilusão – mas apenas a ilusão – de uma liberdade. Pois, pois sim, o esvaziamento foi a palavra de ordem daquela primeira metade da vida, que ora se finda, de morte morrida, bem morrida, matada suicida. O esvaziamento do eu, o desconectar do desejo, desamarrando-o solto, flutuando sem se fixar em nenhum objeto, deslizante. Como uma folha é arrancada de uma árvore, com a coluna vertebral partida, ele doou-se ao vento; demovido. Ah, sim, houve doçuras durante todo esse momento; anos, décadas quase. Houve doçura em apenas observar, surfando sobre as ondas, distante de todo e qualquer sofrimento, pois o que o mundo tinha a ver com ele? Nada. Já que pertencia alhures. Sem projeto nenhum, em puro delírio; euforia de luz. E haja luz; a vida era pura luminosidade; transparência. Leveza. Sim, havia sido belo este longo momento; que de repente se findou, com súbita queda. Pássaro abatido. Penhasco em pleno ar. O risco. Agora, nascia. Era preciso. Renascia. Então na vida há passagens perigosas? Na dele havia, houve. Rochedos em meio ao mar, entre vagas altas. Borbulhantes ondas, espuma. Pelas barbas de Netuno. Como um alicate plantado no meio do oceano, boca aberta, em duas línguas de pedra. E era preciso passar entre elas. O retorno ao mundo por ali passava. Do outro lado, Aurélia, a dar-lhe a mão; espelho. Ela falhara. Falharia sempre? Falhara. Pura imagem falsa, inapreensível. Caíra de cara. Desamparo. Ali explodira, entre os pares de opostos, que procurara abolir. Não abolira. Não anulara: ali continuavam, as coisas e as palavras. Ele, massacrado entre elas. Aurélia, a imagem. Ou ela ou ele. Sempre assim; sempre fora? E ele escolhia: ele. Mas num mundo habitado; haveria de haver retorno. Retornava. Daria a volta, volta larga, por trás da barra, da arrebentação, o outro lado das pedras. Alcançaria, desenrolando a rede das palavras; não mais pássaro, mas peixes. Desmaiara entre as vagas; mas alguma coisa o levou; água ou canoa. E passara. Passava.

A sensação é que ele havia morrido. Não; de fato: ele morreu. Morrera. Morreu. Ele morreu, ali. Ele não quase morreu; ele morreu mesmo. Ela foi a morte; a foice. Através dela, ele passou para a morte; totalmente desmontado, carne moída, destruído. E agora, era a vida depois da morte. Era a morte

depois da morte; ou era a morte depois da vida. Ou era a
vida depois da vida. Não sabia; paradoxos, espelhamentos,
reflexos, caco, estilhaços ao vento. De nada sabia, ainda;
indo com as águas. Então, era isso a vida? Esse atordoamento, essa perplexidade, esta dança no abismo? Era isso, então,
essa correnteza que leva rápido para mais uma queda, logo
mais, à morte novamente? Haveria uma morte definitiva?
Haveria? Não sabia; pois morrera e, mesmo assim, não morrera. Passara para o outro lado do espelho; a mesma coisa.
Passara, esse o corte; esse o trauma. O que se impusera nesse
momento? Não sabia. Ela faltara, não dera a mão, recolhera
e, surpresa: havia um abismo, que se abrira, e o abismo era
tudo. Ou, em outras palavras, não foi cratera ou meteorito,
foi explosão; conflito. Entre vagas, borbulhantes, a água e
o tombo. Começos dos mundos. Sucumbindo. Sorumbáti-
co. Passava, passara, passa tudo, passarada. Passava, pássaro
caído n'água, albatroz. Galinha de coração moído. Desmontado, desconjuntado, destituído, deslocado, diminuído, de-
sarticulado, desastrado, náufrago, fantasma, passava. Para
onde? Tudo era luminosidade, mas não se via nada. Ilumi-
nada escuridão.

Da escuridão saíram os monstros. Os demônios. Caixa de
Pandora; sim, aberta. Escancarada. O exército de demônios, cinzentos, sinistros, sangrentos, malignos, a subirem,
como fumaça, quase impalpáveis, fantasmáticos, a invadi-
rem seu reino, a tomarem de assalto, turvarem, sua consciência. Os demônios nus, sujos com as cinzas dos mortos;
cemitérios, invadindo. O que sentia, então: ódio. E o ódio
turvou tudo, primórdio. Ódio de tudo e de todos; vontade
de destroçar, de devorar. Isso, nele. Isso, ele. Nele viviam os

demônios, e de dentro dele, do fundo, saíam, exigindo seu lugar. Sim, ele soube, pensou, ele quis cair. Quis cair para ali estar: cara a cara consigo mesmo. Seus demônios. Ele. E foi então tempo de discórdia. Pai contra filhos, e filhos contra pai. E foi tempo implacável, do sem perdão. Tempo das rachaduras, dos canibais. Tempo do incesto. E foi então o tempo do sem-lei, do horroroso. Tempo do escuro e das taras. Foi então tempo do chumbo, do lodo e do fogo negro. Tempo da podridão e do pus, do esgoto e dos ratos. Tempo dos urubus e dos escorpiões, tempo do tapa na cara. Tempo da violência gratuita, dos dentes caninos afiados, arregaçados. Tempo do corte na carne, da bílis e da bosta. Tempo da morte, correndo solta, sorrindo fria pelos trigais noturnos. Tempo de bebedeira, de orgia, de bacanais. E foi então tempo de ferir, de forjar rios, oceanos de sangue. Tempo de fazer chover carne humana, espremida entre os dedos, estraçalhada. Ás gargalhadas. Tempo de remexer o oceano do tempo, com correntes de serpentes, violando a superfície amena, levantando lodo e veneno. Tempo do veneno enfim liberado, a sufocar toda vida, a enegrecer e gangrenar. Tempo das fístulas, das perebas, da peste. Tempo do sem jeito, do salve-se que puder, do fim do mundo. Tempo de Sísifo, sem morte, sacrifício, martírio. Foi então tempo de martírio; e tanto martírio, e tanto martírio, e tanto martírio, e tanto martírio, e tanto martírio, que pouco a pouco, de tanto revirar, foi-se fazendo caminho, veredas, trilhas, picadas; e descia-se a água imunda pelas ruelas, pelas canaletas, pingava-se restos de alma nas sarjetas, e foi-se formando algo; que talvez ainda pudesse ser chamado de vida; lampejo, faísca de consciência. Pois algo, nele, embora morto, resiste. Resistiu. Manteve-se. Apesar de.

Tempo de perdas; abrindo espaço para o novo. O novo? Perdas de amigos, de dinheiro, de saúde. Renascimento. Tão difícil assim? Sim, duro, duro, doloroso. Não nascia, exatamente; depois de digerido, era cagado no mundo, isso sim. Cagado no mundo, depois de passar pelos intestinos, pelos infernos, pelas enzimas, pela bílis, pelo césio, assim ele se sentia. Sujo, todo bostado, mas algo em si, no avesso da escuridão, na liturgia da matéria, brilhava, ouro. Mas o ouro não havia ainda, isso ainda ele não sentia, ainda. É que outros lhe diziam: ouro; mas ele não via. O que ele via era breu. Negritude; escuridão e, com isso, pior: todos os ódios, restrições, derrotas e perversões. Isso era ele, o ex-santo. Isso era ele, o anjo. Decaído. Passado para o outro lado, sim, o buraco é mais embaixo, a vida lhe dá surpresas. Todo machucado, merda com sangue. Inflamava. A ferida ainda doía, inlocalizável; o corpo todo, a alma toda, era ferida. Uma única ferida, a vida. Todo ferida, ele fluía, apesar de. Ele ia. Escorria. Água suja escorria; urina, pus. E o escorrer era alguma coisa, um devir. O tempo estourado, arrebentado, implodido por dentro, como a irrupção de um vulcão. Lava escorrendo. Mas, ao escorrer: um outro tempo. Tempo. O mesmo? Não sabia. Mas escorria, e era uma margem de manobra. Ele ia, se afastava, de si mesmo, do momento fundador, se afastava, e isso oferecia; era colheita. Distanciamento, pensamento, elaboração. O fazer do mel, escorrendo, lento. O tempo melado. Merda e sangue e pus em mel. A alquimia, pouco a pouco. Ele imaginava, pois ainda não sabia. Não sentia. Por ora, dor; e apenas o aleno de um movimento, um sopro de vida... um escorrer. Barquinho a vela, indagando, no oceano profundo. Frágil e vulnerável, nada mais. Mas duro, osso duro de roer; sobrevivera. Os monstros por todos os lados, e pior, dentro dele mesmo. Os monstros dentro, mas, já que eram ele, por que temer? Ele com ele mesmo, enfurecia. Ganhava brios, falsos poderes. Primeiro vêm os falsos, depois os verdadeiros. Tragédia e farsa; farsa e tragédia. O ovo e a galinha. Não importa; não sabia. Não importa. Ia. O que importa era o ir; o ir-se, o fluir. Ia. Elaborando. Enrolando o novelo, enroscando. Navegando. Pois navegar é preciso, e segurar-se também nas palavras, no já-dito, como pedras na beira do rio que nos leva, correntezas. Portos inseguros, mas os únicos. As palavras; o corpo das letras. Aí ele ia, se machucando todo, se ralando, mas não havia jeito. Essa era a passagem que ele conhecia. Haveria outras, mais suaves? Não sabia. Para outras pessoas, sim; mas, para ele, haveria? Não sabia. Não houve. Não chorar o leite derramado. Batendo a cabeça, criando galos e feridas secundárias, ele ia, tudo para afastar-se da bomba, da granada, da mina escondida, da ferida primeira, da hecatombe. Aos trancos e barrancos, vencia.

Vencia, antes que a vida acabasse de vez, mesmo. Pois agora se dava conta que muito tempo havia se passado, sem que nada houvesse acontecido. Congelado ele estava, no ar rarefeito das alturas, no vácuo gélido sem horizontes, onde o sol nunca se põe. Lá, onde o sol nunca se põe, onde tudo é sempre luminosidade, ele estava, estivera, durante todos esses anos: durante toda sua vida. Mas agora, tarde – as descobertas são sempre tarde? São sempre tarde os verdadeiros nascimentos? – ele descobria o gosto da lama e do lodo. Do musgo que se acumula nos rochedos, nos ossos. Os ossos, que ficam, um pouco mais longe, na linha do tempo, do que a carne, como uma espécie de caroço, caroço do corpo, mas que também se vão, como areia, imediatamente depois, se formos comparar esse tempo – tempo de uma vida humana – com a linha infinita dos tempos. É sempre uma linha, o tempo? E há mais de um? Não sabia, não sabemos. Mas vencia, ou fluía, ou escorria, ou singrava, no tempo. O que mais poderia permitir um movimento, ainda que lento? O que mais pode nos consumir, como fogo? Temia, então, que seu tempo acabasse, antes de terminar o nascimento, antes de dizer alguma coisa. Isso foi o primeiro sinal de cura, talvez, a primeira presilha na ferida, a agulha cirúrgica, os pontos curativos. Pois agora tinha um projeto: sobreviver. Mas não apenas sobreviver, como: viver. E viver significa doar-se; à vida, fazer e acontecer. Arriscar. Então, agora: gastava-se. Em excesso, em abundância, gastava-se: em sêmen, em sede. Descongelamento, descida das águas, chuvas torrenciais, desperdícios. Para que vale uma vida, senão para ser desperdiçada?

Pois no fundo do inferno tem o capeta; tem que haver. Ela era também o capeta; fumando seu cachimbo; o saci. Maneta. Aurélia, a escura. A imagem por onde todo o mal se dá, por onde passa a escuridão: o portal, o agente, o meio, o ponto. Dinamite. Passagem para o outro lado, outra dimensão, a antimatéria. E agora, ela veio: aflorou. A vida ao avesso. Os demônios. E a vida, ao avesso, era isso: a vida. Mas impregnada do que antes não havia: a maldade. E o desperdício, em dobras, dobraduras, pregas, vincos, bordados escuros, zonas escondidas, folhagem, tecidos, cetim, veludo, tule, lã escura; negritude. Tudo era assim, agora; deslizar no rio negro, lento, grosso, encharcado de matéria orgânica, podridão, adubo. A vida, oferecida. Sem sentido. Voragem, ganância, ódio. O ódio dando forma a tudo, demarcando territórios, fornecendo nomes. Agora, entrava no mundo; e odiava. Odiava a política e os políticos; odiava os jornais e os jornalistas; odiava os tolos e a tolice. Não havia espírito, não havia progresso, não havia vida após a morte. Existiam apenas os perversos e os pervertidos, os sádicos e os escravos. E ele não seria um escravo; ah, não. Ele batia. Com corrente, com metal, com couro. Ele batia. E ele roubava. Ele roubava. E ele matava, ele matava. E ele mandava matar. Ele mandava. Ele batia; ah, ele batia.

Mas a ferida não sarava, não sara, não sutura, demorando. Essa a explosão prometida? A pérola azul aberta, flor do universo, em mil maravilhas? Brilho; experimentado ao avesso, em sua escuridão aveludada, a outra face da realidade? Pois todo esse latejar dolorido, essa dor profunda que parecia estar no cerne do próprio ser, ou até anterior a ele, fissura primordial e avassaladora, esse latejar sofrido não era uma espécie de êxtase? Não era tênue a linha que os separava o desespero e o júbilo? Mas justamente esse, talvez, fosse o caso. Seria o humano um território conquistado, a duras penas, entre esse estado e o outro, nem um nem outro, nem céu nem inferno, mas mundo, coisa inventada, pois um dia inaugurado, um dia fincada a bandeira, um dia dita a primeira palavra? Era justamente neste território, talvez, nesta casa por tanto tempo abandonada, que ele se encontrava agora, velha criança. Pois seu corpo não havia aguentado a potência cósmica. Pois seu corpo produzira furos, por onde houve trocas, por onde fluíam energias? Mas que corpo humano suportaria? E onde? No alto dos Himalaias, o corpo de ouro, o corpo de diamante dos santos? Será? Deixava guardado isso, agora, no alto da estante, na prateleira mais alta. Não sabia. Um dia voltaria. Um dia, talvez, já seria tarde demais. Não importa. Aquele Amor é exigente; e ele fora repelido. Não entrara no Paraíso; não passara no teste. Muitos são os chamados, mas poucos os escolhidos. Pois então, ele fora um dos não-escolhidos. Era um jogo, e perdera. E por que ganharia? Pensando bem, que chance tivera? Que chances tinha? Nenhuma, ou quase nenhuma, mínimas. Uma pessoa nunca é uma força bruta, nunca é sozinha, não nasce pronta ou independente. Não é em qualquer jardim que nasce uma rosa, uma begônia, uma flor-cadáver. Não é em qualquer lugar, em qualquer solo. E flores são inventadas, também, como o foram a batata e o milho. Milhares de anos de cultura, para dar num santo, regado todos os dias. E nem todos florescem, tampouco. Ele era uma flor comum, em solo comum, gerado de sementes comuns, que chance teria? Nenhuma. Mas construíra todo um mundo; todo um mundo à parte – que ora ruíra. Ali ele era um homem feito de ruínas; ele era um homem, apenas. Mas que homem, pergunta; mas que homem que não é feito de ruínas? Própria condição humana: a queda. Assim se conquistava aquele espaço, assim se inaugurava o horizonte, o mundo, assim, e apenas assim? Não sabia. Mas pode ser que assim fosse. Mesmo tempo, agora; não havia nada de especial em seu destino. Era apenas um homem que se sabia tardiamente. O último a entender a piada, o último da fila, o bocó, o retardatário. Riam-se todos. Ria-se, o universo inteiro, riam dele. Ria-se, ele, também. Oras. Gargalhemos. A gargalhada era como gralhas; mas não, era como querubins, era como sinos batendo. A gargalhada ecoava. Om, por todo o universo, lançando bênçãos? Bálsamo era a gargalhada.

Mas; não ainda. Desde o início havia nele a semente *daquilo*; florescendo aos poucos, deixando sinais evidentes, que ele não soubera ler, brotando rasgando a terra, ternamente, vicejando, até irromper, vivo, de tal forma que rachava o solo arado ao meio, dividindo tudo entre antes e depois, um lado e outro, exigindo, demandando: fazendo-se todo, a única existência, ou quase, o que então havia, o tudo; o mundo, que ele havia cuidadosamente construído, tornou-se então mera adjacência, periferia da bruta flor que brotava, meio de cultura, adubo. Irrompera dentro dele algo, e como dizer o quê? Que algo seria esse senão exatamente, ele, também: ele. Ele, desconhecido dele mesmo; o Outro em si mesmo. A flor do capeta; isso era. Ó, dificuldades! Dificuldades em enxergar, em perceber, em separar-se de si mesmo, ou do outro, em tomar distância. Pois não há, em parte alguma, distância possível para ser tomada. Não havia. Tudo embaçado, não distinguia o que via daquilo que vê ou é visto. Confusão. Indiscernível. Era noite absoluta; noite escura da alma. Sem noite, sem alma. Apenas uma voz, que reconhecia como sua. Mas de onde ela vinha? Quem, enfim, falava? Não sabia. Uma voz viva, ah sim, isso sabia: uma voz viva. O caminho que leva à morte, ele aprendia, não pode ser qualquer um, não pode ser qualquer via; ele precisa ser deslindado, aos poucos, com tudo o que tem direito, ele precisa, necessariamente, passar pela vida. Não se escapa da vida, ele aprendia. Essa flor, então, que irrompia, estragando tudo, matando – pois a vida mata – era a própria vida, encarnada, exigente. Então era isso: que crescesse, a canalha, que florescesse, que enfim morresse; que desse flores e frutos, a planta, que deixasse sementes, que desvendasse até o fim o impulso de seu começo, que não economizasse, que não parasse para pensar, que fosse, coisa, desenrolada, até a hora certa, a hora marcada, que gastasse, afoita, sedenta, todo seu tempo até o último segundo. Sem arrependimentos: rio caudaloso, sob a chuva. E chovia.

E chovia dentro do poço, dificultando, enchendo até a borda de água negra, impedindo a entrada, barrenta, com rãs e sapos, água de bruxa, água viva; talvez apenas com escafandro, poço profundo, fundo fundo; labirinto. Labirinto, a ferida. Doída por todos os lados, impossível cerne, onde, onde? E lá do fundo, daquela água, parecia vir então, talvez de lá, as ondas. De onde viriam as ondas, as vagas que ameaçavam tudo? Foram abertas as comportas, abertas, enchente, água negra, suja, torrente, tsunami a cobrir-lhe todo. Quando teria fim, isso, ele se perguntava? Quando? Pois tudo doía ainda demais, depois de tantos anos, ainda doía, o inferno. A arrebentar-lhe a cabeça, as ondas. Por mais que trabalhasse, que produzisse – a inundar-lhe o coração com detritos, entulhos, esgotos. O coração que havia drenado, anos e anos drenando, para que tudo voltasse, em enchente: sujeira, fundo de pântanos, lodo, tijuco. Ali, a ferida exposta, era o charco de sua vida, a infelicidade. Sofria. Ainda. Fácil desmontar uma pessoa, difícil recompô-la.

Ele deslizava; a ferida não se curava. Não era uma questão de tempo; a ferida era de um outro tempo, uma outra ordem, anterior ao tempo, suspenso em relação a ele, ao tempo. Era necessário uma nova estratégia, fazia-se necessário forte medicina. Era preciso caridade; era preciso disciplina. Não podia desfazer-se de tudo o que antes havia conquistado. Era então preciso retroceder, buscar do outro lado instrumentos de cura, folhagens, ervas medicinais. Pois não era uma questão de secção, e sim, justamente, de integração: não depois, mas agora. Separar o joio do trigo, buscar as sementes boas. Era necessário parar de bater, parar de nadar a todo custo contra o redemoinho, em direção à uma fictícia praia, longe do abismo marítimo. Ao contrário, era preciso descansar, tomar fôlego. Há bancos de areia por perto, nem tudo está perdido. Onde, afinal, aprendera a nadar? Estava vivo, inteiro. Era preciso tomar distância, respirar. Era preciso reatar-se com antigos valores, com o amor, com a dádiva, com a doçura. Era preciso cultivar a doçura, como nos velhos tempos. Mas era preciso evitar sucumbir aos mesmos erros. Que essa doçura seja, agora, viril e não passiva; um oferecimento e não uma frouxidão. Que o que irrompeu seja filtrado, e que as conquistas não sejam confundidas com tampões. Nem tudo era tampão, força de censura. Que a cicatriz inicie a se fechar; unir todas as partes em que ele fora dividido; não como ilusão de união, mas como um gesto de potência.

Primeira providência, senhoras e senhores: confiança. E ele confiava, precisava confiar. Confiava em si mesmo, em sua capacidade de recuperação, em sua boa índole, em sua leveza e luminosidade. Ele confiava na possibilidade de uma regeneração completa, na construção de uma vida plena e realizada. Ele confiava, ele confiava novamente, não propriamente em deus, mas num mecanismo, numa máquina do mundo que, se bem manejada e compreendida, podia, sim, gerar satisfação, deleite e até mesmo felicidade. Por que não? Ele mesmo já havia experimentado esses estados, esses sentimentos e sensações. Por que negá-los agora? Por que negá-los agora, quando mais precisava deles, quando mais vital era cultivá-los, nem que fossem na certeza de uma lembrança, na memória? Pois já vivenciara a doçura de uma vida; isso sim: ninguém, nem ele mesmo, poderia negar-lhe isso. Então, confiaria. Confiava. O que havia vivido antes, poderia viver novamente. Poderia se recuperar. Poderia aprender o que fizera de errado, ou onde se perdera – inevitavelmente ou não – e, uma vez aprendido, poderia talvez evitar novamente a queda. Mas, o que importava era que, sim, confiava que poderia reescalar a montanha, paraíso reganho, recuperado. Estava dentro dele; isso sabia. Estava dentro dele o coração forte, iluminado – coração de leão. Era uma questão de coragem, de disciplina. Era uma questão de escolhas, de discernimento. Não podia entregar os pontos. Confiava numa vida melhor; e isso era um bálsamo sobre a ferida: um pouco de entusiasmo. Não tombaria assim tão facilmente; cultivaria o amor, cultivaria a gratidão, a generosidade, o afeto, a meiguice. Agiria, sim, agiria; não mais confundiria amor com passividade. Ao contrário: amor é coragem, aprendia. Não abandonaria a capacidade de agir, a obrigação de agir. Ao contrário: coragem é amor, aprendia. Iria à luta, mas banhado em doçura. Isso lhe oferecia propósito. Não mais bateria, bater por bater, esperneio de desespero. Faria as coisas que devem ser feitas, sim; não fugiria da raia. Mas com sentido. A vida pode ter sentido, afinal de contas; mesmo sem esse deus; não importa. Tudo na vida é construído com muito esforço. Construiria, pois. Não amava? Amava. Pois que esse amor fosse a força motriz. Dia a dia, sem ilusões, sem fantasias: a mente e o desejo no caminho correto. Sim, poderia.

Mas era um equilíbrio delicado, frágil. Qualquer sopro, já desmanchava; qualquer coisinha removia a tênue capa, e emergia novamente a angústia, em carne viva. Ela sempre esteve lá, a angústia? Onde se escondera, durante tanto tempo? Ou fora agora fabricada? Do que a angústia o defendia? Não sabia; não encontrava. Esforçava-se. Esforçava-se para distanciar-se dos maus pensamentos, ele pensava, dos pensamentos regredidos, do ódio. Ás vezes, conseguia. Não era tão difícil assim, pensava. Já vivera assim antes: flutuante? Vinha de uma tradição que, aparentemente, acreditava que se podia concentrar o homem numa única consciência, projetá-la para o alto e, com a força desta coragem, com a força desta aspiração, travando os dentes, seria possível algum tipo de transcendência. Isso acreditava? Acreditava. Mas, agora, encontrava-se um ser dividido, quebrado. Falhara, fracassara? Ou apenas entendera mal aquilo a que se propunha; escondera-se ao invés de abraçar. E agora? Agora, estava sendo difícil colar os cacos, recompor-se. Muito difícil. Seria preciso muito esforço, muito tempo. Mas não havia jeito: era isso ou nada. E confiava. Confiava, porque, além do mais, todo mundo tem o direito à queda; todo mundo tem o direito a um surto na vida. Surtara? Sim; acredita que sim. Uma leve camada, um leve ponto, de inteligência, manteve-o íntegro, sabendo-se de si, no mínimo. Um leve, frágil ponto, que se sustentara. Esse pior, já passara. Mas uma noite, despertava e sentira: algo dentro dele havia se rompido. O quê? Não sabia. Mas sabia que estava por um triz. Sabia que era o limite mais perigoso de sua vida. Se ultrapassado, seria o fim, ou pior. Equilibrou-se; como um milagre. Acreditava em milagres; acreditava em graça divina, acreditava nos misteriosos processos alquímicos. Acreditava. E confiava. Longes já aqueles dias, dias de impossível palavra. Mas não suficientemente longes: ainda deixam suas marcas, suas trilhas, suas cicatrizes acesas na carne, estrias. O que acontecera com ele, afinal? Não sabia. Estudava. Já conseguia, no entanto, criar uma película, uma casca. A satisfação da caminhada na praia, o tempo ameno, a vida aberta, o vento. Momentos de expansão e liberdade: estava vivo, novamente, no mundo dos homens, libertado da prisão de si mesmo, da mente agoniada. Mas durava pouco, ainda. Era um equilíbrio delicado, frágil. O que vingava era a angústia. O oceano subterrâneo que aflorava, fazia fontes, corria riachos, minava. Até quando? Não sabia. O que sabia ainda era quase nada.

Prestava atenção em si; mas não sabia. Era difícil detectar, ali, onde seus radares não funcionavam, perdiam a precisão, encontravam-se perdidos, nas profundezas de si mesmo. Ressoava-se uma gargalhada? Parecia? O capeta? Mil vezes aumentado, grandioso, sua verdadeira voz? Seu verdadeiro corpo, seu rosto. Retirada a capa da máscara; as tantas máscaras, o capeta era monstruoso. Medo. Lá, nas profundezas de si mesmo, era isso que encontrava? Ou o som rouco, o ronco, era apenas do eco no oco, o vento nas galerias abandonadas, o cerne da ferida. Mas não deveria estar estancada? Pois todo homem não tem uma ferida, não carrega com ele uma ferida, de nascença? Sem a qual não seria nem homem, não seria nada? Esse corte não seria o preço da passagem, condição humana? Esse corte não secava, um dia, de uma maneira ou de outra? Como vivam as outras pessoas? Como suportavam? Como barravam o urro da ferida, as reverberações do cavo? Oco gélido, desamparo; e, ao mesmo tempo, a ferida fervia, viva. O inferno. Gangrenava? Lá no fundo, era isso que encontrava? Na mais profunda das camadas da terra, da carne? Não sabia, não tinha radares. Houve um dia em que se sentira livre da culpa. A culpa diária, de todas as manhãs. Como conseguira? Fora apenas uma fera domada, mas não de fato domesticada? Escondida em sua gruta, ferida, à espreita? Não sabia; sabia apenas que explodira, tal como vulcão ou abalo sísmico. Agora, acordava de manhã e escaneava: sensações físicas, conforto ou desconforto; sensações psíquicas, vestígios de sonhos, pensamentos. Mas, há muito, nenhuma alegria, nenhum entusiasmo, nenhuma leveza, ao contrário: angústia. De onde, de onde vinha? Por quê? Estaria lá anterior a tudo? Seria a própria angústia anterior à ferida, causando-a? Não angústia de todos os homens, corte humano. Mas dele, e dele apenas: uma dor que se alojara em algum ponto de seu crescimento, uma fissura, uma falta, um caroço, semente maligna; algo que um dia viria a abalar tudo o que sobre *isso* se construiria. O bojador; seu destino.

Ele era um enigma para si mesmo, uma incógnita. Não sabia. Não se sabia. O que provocara a queda, afinal? O que possibilitara o voo? Em sua vida, vivera muitos altos e baixos, é verdade. Ás vezes, levantado pelo vento, ou como se fosse uma mão divina, alçando-o. Água celeste, como uma fonte que subisse, contrária. Então, às vezes, inexplicavelmente (não se sabia, um enigma para si mesmo), um salto no escuro, um abismo, uma queda. Como se caminhasse em gelo, sobre uma fina camada em altura gigantesca, que se rompia, e caísse. No vazio, no espaço entre as nuvens e a terra; ainda mais alto, despencado. Como compreender esse movimento; ioiô, marionete? O quê o propulsava ao voo; o quê o atraía de volta, com a força de uma gravidade? Não sabia. Mas nunca havia subido tão alto, e nunca caíra de tão longe, como desta vez. Espatifado. Como se dentro dele houvesse um dispositivo, um botão que disparasse. Um mecanismo de elástico, um aparelho talvez desconcertado, incapaz de parar quieto, impossibilitado de manter-se numa única frequência. Desajustado. O que seria isso? Não sabia. Coisa de palhaço. Mas de uma coisa sabia: não queria mais; tinha medo; não queria mais estar à mercê. Talvez fosse possível compreender. Era o que fazia, era o que tentava fazer. Mas não entendia nada. No meio de nada, não se sabe de nada. E dentro dele, também, não havia nada, ali. Era preciso jogar alguma coisa, um som, que seja, um eco, um sopro, uma palavra. Jogar alguma coisa, uma palavra, que fosse, qualquer, seu nome, por exemplo, seu nome dado, inventado, mentiroso, mas alguma coisa, algo de verdade enquanto matéria, a materialidade da voz, como se fosse semente, ali, no nada lançada, para esperança que germinasse, que desse algum sinal, algum sopro de volta, uma pista que seja, que fosse. Mas tudo ainda era pura névoa.

Névoa, espuma, neblina. Mas, ao mesmo tempo, algo, em algum lugar, batia. Algo pulsava, em alguma parte: rumor. Havia em algum lugar terra, barro, sangue. Ah, havia. Pois sentia-se o rumor, ouvia-se. Palpitando. E então ele sonhou. Mas o sonho não era nada, pois era sonho de cego. O sonho era uma tela, escura, que ele não podia ver. Havia algo ali, para ser visto, havia outras pessoas, que haviam visto, e se não era exatamente uma maravilha, era uma revelação. Algum tipo de espanto ou assombro. Mas ele, ele mesmo, nada via. Mas dizia respeito a ele. Dizia? Uma tela escura, como se lavada em barro, suja; mascarada para não ser vista. A tela emporcalhada, para que a imagem nela refletida não fosse vista; a tela rasurada, censura. E havia seu pai, em algum lugar ali, de algum modo presente. E, então, outra cena. Estátuas de homens, brotando inteiras da terra. Emergindo da terra, estátuas de homens, em posições viris, de luta, de esforço, imagens brutas, imagens toscas. Então ele sonhou com isso; mas e daí? A mesma névoa, ou outra, apenas escura. Cego, ele não via nada. E havia sido ela que o cegara. Havia sido ela? Ela, que lhe cortara o pau, o falo; a fala? Ela, que lhe castrara, cegara-lhe então os olhos: ele já não enxergava mais nada. A tala. Em pleno dia, não enxergava. Havia apenas luminosidade; e desconforto nos olhos. A luminosidade era o abismo. Havia beleza, sim, havia, em alguns momentos. Em alguns momentos, conseguia enxergar, dava-se uma nitidez, em alguns momentos do dia, em plena tarde: via. Árvores e objetos e pessoas; e era belo. Então, em alguns momentos, sentia que galgava as paredes do abismo, em busca de alguma ascensão; e, ao menos, havia sinais dessa conquista: a beleza. Recuperava a beleza, aos poucos; mas, em geral, ainda não via. Veria completamente um dia? O abismo iluminado, que já fora júbilo – mas que talvez tenha sido apenas histeria – isso ele não sabia, era agora angústia. Ele buscava alguma matéria para ancorar-se.

Lança, prende, segura, fixa, o cabo, o laço, o cabo de aço, o ferro, finca, a haste, o talo, pino, estaca, agarra, aperta, distende, range os dentes, costura, picareta, roldana, puxa, alavanca, sobe, amarra, engancha, engata, sua, fecha, martela, arremessa, conecta, um lado ao outro lado, estanca, cicatriza, maneja, se esforça. Para fechar a ferida, insiste. Vencer o abismo, o buraco, fissura, corte, machucado; pular para o outro lado, e de volta para o lado de cá, passar mertiolato,

álcool, esparadrapo. Pelas bordas, pelos lados, com cuidado.
Fechando o que pode ser fechado, suturando; cosendo. Mas
no fundo, ainda, borbulha, vermelho. Mas menos. Conquistas. Nenhuma terra firme à vista, é verdade, pedra sólida,
chaga. Mas há melhorias. Já pode, há muito, falar da dor,
ao menos. Já se apaga a imagem, ao menos. Já caminha por
outras estradas; ao menos, outras vias.

Mas, buraco estagnado no meio da estrada; desânimo. Dias e
dias cinzas, chuva. Poças d'água na estrada, vontade de fazer
nada. Deitar e morrer, se for o caso. A ferida sem ida nem
vinda, somente ali, viva, pulsando, mas muda. Muda, sem
mudar, curtindo, aprofundando, calada, marinando. A ferida marinada, curtida a álcool e fumo e tristeza. O eterno retorno. Em espiral, sempre o mesmo cerne, o núcleo – e por
que tinha que ser uma ferida, um corte, um trauma? Não
sabia. Mas era. Lá no fundo, doía. E, na superfície: chuva.
Não chuva boa, catártica, depois de anos de deserto; ao contrário, chuva ácida, insidiosa, insípida, minando. Ao menos,
dores suportáveis; o negativo: simples bandeira branca, jogar a toalha, vontade de morrer. Mas, faltando ânimo, vivendo. Um dia depois do outro, inventando o tempo, apenas para poder se afastar, inventando o fluxo, apenas para
distanciar-se do centro, do momento inaugural, do âmago
da ferida, o créu, o atemporal, impronunciável. Afastar-se
de lá, no lenga-lenga da vida, ritmos de rios preguiçosos,
vida à toa; para uma hora, talvez, um dia talvez encontrar
novamente uma manhã, uma pradaria, uma plantação, uma
vila com pessoas buscando água, água boa, uma menina, um
olhar, as setas de um olhar novamente capturando-o para a
vida. Ah, mas temia. Melhor manter-se só, porco-espinho,

bicho do mato, declarar o fracasso. Declarar-se fracassado na vida? Não podia. Não era justo; não era hora. Era homem, afinal, ou não era? Pois então reagiria. Fazer disso coisa boa, dádiva, até alegria. Mas, por ora, a garganta apertada, forca. Como se vivesse pendurado por uma corda, apertando, puxando. Carregando uma pedra pelo pescoço, pendurado. Mãos invisíveis estrangulando, pouco a pouco, a toda hora. Faltando ar, asfixiando. Cortando a respiração, a voz, a fala. Extinguindo; torturando. Enfiando uma agulha, depois outras, milhares de agulhas, inefáveis. Mesmo assim, ele falava. Mesmo assim, ele dizia coisas, e ria, e fazia os outros rirem. Mesmo assim, ele continuava. Continuava, travando a batalha, dentro de si, já perdida; mas necessitando ressuscitá-la; era preciso dar a volta por cima, ou pretender dá-la, ao menos. A batalha perdida, ele, o trapo; aturdido; invejando, desejando, sem limites, possessivo, possesso. Cachorro bravo, ferido, maltratado, vira-lata. Daria um dia um jeito? Livrar-se-ia um dia de toda a sujeira, de todo piche, do poço onde caíra? Dias se seguiam, dia após dia, noites e dias, dias e noites; ele, ele preso dentro de si mesmo, só ele, ele sendo ele, e mais ninguém, a solidão, ele e pronto, todo o dia, o dia todo, sendo ele; deus, é isso? Isso e mais nada? Isso, e apenas o milagre, ou a praga da palavra? Isso, essa respiração; isso, e mais nada? E as infinitas trocas com os outros, trocas na linguagem, flutuantes, sem raízes. Água que corre sobre o gelo; ansiedade e solidão.

Por que toda essa tristeza, por que toda essa água represada? Matutava, procurando explicações mais profundas. Novamente sonhara, com um homem muito lindo, e muito importante (com quem, à primeira vista, no sonho, ele não simpatizara), e que foi estupidamente assassinado. Essa morte era uma enorme perda, uma morte inconcebível. Esse homem, que à primeira impressão pareceu-lhe esnobe, era de uma vulnerabilidade comovente, ali, ainda vivo, deitado em posição quase fetal, sozinho, sobre, sobre... o gelo? Esse homem era ele? E as coisas que lhe vieram à mente, à fala, logo depois, abatido: *eu sou uma pessoa incapaz de amar*. Isso ele pensava, pensou, tocando num ponto – sem saber se falso ou verdadeiro, de sua própria estrutura, nos limites da sua bolha. Era incapaz de amar? Seria? Mas com que máquina se calcula tal capacidade, como poderia saber? Sabia, sentia: sempre soubera amar a humanidade, e buscara refúgio neste afeto; um amor abstrato, superior. Um amor elevado; suspenso. Suspenso, suspendido? Suspeito. Mas as pessoas vivas, as que nascem e morrem, essas tinha dificuldades de amar, os entes em si, e não as ideias dos entes (mas seria possível isso?), esses tinha dificuldades de amar. Ainda que inacessíveis, sempre, tinha dificuldades com elas; as coisas. Ainda que sempre representações dentro de si mesmo, ou espelhos, seria possível amá-las melhor; mas não amara. Não sabia. Ou tudo ou nada, era o que lhe parecia. Sem separar o joio do trigo, sem saber escolher, sem saber privilegiar. Ou quase isso, não totalmente, quase isso. Talvez. Ou amava a ideia da humanidade, e lançava a força desse afeto por sobre as pessoas ao seu lado, sempre com sobras, sempre com desajuste; ou então, amava a humanidade inteira, em seu corpo, em todos aqueles, seres vivos, que a representavam: os outros. E os outros incluía ele. Mas isso nunca conseguira direito, era matéria muito difícil. Impossível amar a todos; impossível talvez amar a si mesmo: talvez esse o ponto original. Essa a anatomia do fracasso? Flutuava; sem aterrissar em sua própria terra? Tinha ódio de si mesmo, nojo? Não sabia. Um misto de compaixão e desprezo? Sim; essas coisas sentia, ambíguo. Como superar isso? Ainda não sabia. Como amar? Aprenderia. Quebrando mesmo a cara; era a proposta que se fazia. Pois, já dissera, seria fácil (seria?) voltar à misantropia, recalcar a ferida aberta sob pás de cal, estrangular, afogar, secar; e retornar à guarida de um amor universal. Os alicerces deste amor são o ódio? Talvez, mas não necessariamente sempre. Mas não necessariamente todos. E por que sofria? Por que não abria mão do sofrimento? Não sabia? Não queria. Dava-lhe um quê de superioridade, uma aura, sofrer tanto? Não, não dava; não era nada disso. Mas sim, sentia-se superior, e revoltava-se. Não podia aceitar. Sim, havia ali uma grande arrogância. Como ele, o príncipe, poderia estar sofrendo? Não conseguia aceitar um destino comum, ser vítima das dores do mundo, como todos. Pois queria, quis, a todo custo, relevar o corpo, abandonar a própria vida, renunciar radicalmente a tudo em nome de uma vida nova. Ascese. Em alicerces errados? Condenada, portanto, ao fracasso? Isso não sabia; tinha uma vida toda para descobrir. Descobriria. Mas ao que, agora, precisaria renunciar era a sua própria arrogância. Pois se todos sofriam! Não é possível mais idealizar a vida, forçar um destino. Havia sempre, há, um pântano; e essa a condição humana. Se há queda, não é preciso ter necessariamente vergonha nela. Agira, algum dia, realmente mal? Não. Aprenderia o que é uma ética, então. Mas não haveria condenação prévia. A vida não é um tribunal. Sem saber, partira de premissas erradas. Mesmo o caminho certo, com princípios errados, pode dar errado. Nada disso é dado, na vasta vida humana. Mas não era preciso justificativas. Sofria, pois, de orgulho.

Era preciso, a todo custo, ser importante, sentir-se importante. Era preciso ser reconhecido, louvado, prestigiado. O salvador da pátria. Isso, ele precisava saber, e deixar de lado. Isso precisava abandonar, ao humanizar-se: compartilhava do mesmo destino. Todos sofrem; todos. Todos sofrem, mesmo os que menos aparentam. Alguns sofrem mais que os outros? Sim, é verdade. Não é um jogo, não é necessário competir o tempo todo. Esteja onde está, e pronto. E onde está? Aí, em seu corpo. Respirando. Latejando. Tentando dar conta. A ferida. Mas também as bênçãos. Não se esquecer delas, não jogar tudo fora. Zelar com cuidado por aquilo que foi oferecido, aquilo que é precioso. Pois há dádivas, há mistérios. Há graça. Não duvidar, só porque houve uma queda. Há quedas. É um jogo? Não sabia. Aprenderia. Mas o que via, em relação aos outros, era: tornava-se uma espécie de rei Midas. Agora, que sofria, e mesmo sofrendo, lutava, se esforçava e, mesmo sem querer, mesmo sem pensar, a vida daqueles que tocava florescia. Era um fato que sabia olhar sem vaidade; estupefato. Descobria sua capacidade de dar a mão, de transformar. Mesmo que tudo morra um dia; que isso não seja agora empecilho. Isso era aprender a amar? Não sabia, pois ainda havia muito nojo e rancor. Mas esforçava-se; fazia, construía. E isso levantava as pessoas, também, ao seu lado. Aprendia a ser generoso, mesmo sem pensar, sem querer sê-lo? Não era melhor amar assim, do que amar a humanidade? A humanidade não existe, ou não existe muito bem, é uma ideia apenas. O que existe são as pessoas. E todas merecem a vida, e todas estão aí, como ele, com ele, mais ou menos às cegas. Sim; quisera oferecer tudo, sua própria vida; mas ela recusou, a tola, a pobre, abrindo-lhe ou lembrando-lhe a enorme ferida. Mas, se não morrer, e trabalhar, e se esforçar, a ferida pode se tornar uma dádiva. Não é de nossa ferida que escorre nosso amor, como um pus? Pois é, deve ser. Agora, que não quer dar nada, sem querer dá. Porque, ao menos, agora ganha uma existência, ou uma vontade de existir. Tornava-se, pouco a pouco, centro irradiador. Talvez dali viesse contentamento, espiral positiva, ascendente – construtiva. A via positiva, agora, para lidar com o auto-ódio, com o nojo. A via positiva, e não mais o esvaziamento. Ou melhor: virar-se do avesso.

Então, um dia, acorda de manhã e descobre um pequeno milagre; uma luz acesa dentro de si mesmo. Calma. O que era aquilo que reconhecia? Olhos fechados, faz a varredura de seu estado, mapeia-se: a cabeça lateja, sem exageros, devido ao uísque e ao vinho da noite passada; um bom uísque, uma boa safra, não há ressaca, apenas um pulsar alcoólico, diríamos, um bom jantar, uma névoa mental, enfim apenas despertara, com vagas imagens de sonhos luminosos, mas bons, a música da festa ainda ressoando nos ouvidos, um gosto bom na boca, ainda que o estômago pesado, as dores nas pernas de tanto dançar, as ambíguas memórias dos beijos que trocara com uma desconhecida, o que foi aquilo? Depois pensaria melhor sobre isso... queria agora averiguar melhor o que sentia, testar o pequeno milagre, vivia mesmo aquilo? Ainda que tímida, uma luzinha, um sentimento amoroso; o amor. Descia então pela garganta, engolia, a saliva encontrou a resistência de sempre, o nó, a angústia, mas leve, e, sem muito esforço, a coleira de aço se estilhaçou, dilui-se, sem alarde, o fluxo de si descia livre, ou quase, e o acesso àquilo que chamamos de coração, ou seja lá o que for, fez-se novamente. O canal há tanto entupido, quase já um mito, um passado, abriu-se de novo, ainda que timidamente, para ralo escoamento. O amor avassalador luzia. Sim, ele, o amor, ou o Amor, sem objeto, ele, o puro, o exigente. Ele, de novo ali, abrindo. Florescendo, ainda que pequena semente. Testou: não era amor pela desconhecida, ainda que seus beijos, suas mãos macias, o cheiro do seu cabelo, seus olhos oceânicos, tenham, com toda certeza, ajudado. Ajudado a compor o fato, o evento. O milagre. Como também ajudaram a música, o fluxo do corpo, o álcool. Subira à uma altitude correta; e agora, que fazia contato novamente com este amor, dentro de si, olhos cerrados, procurava enraizá-lo, trazê-lo de algum modo à terra, ao corpo, amarrá-lo em alguma coisa, alguma âncora. Não encontrava; seria preciso muita pesquisa. Não era a moça, não era nada palpável; era um conjunto de coisas e, ao mesmo tempo, não era nada: gratuidade. O amor, gratuito, como se constrói e como se conserva? Prestaria atenção desta feita, não se permitiria simplesmente ascender, subir sem cargas ou amarras. Não poderia cair novamente; seria uma ideia, um projeto, prender o amor em coisas concretas, ainda que essas coisas não fossem nem a origem nem o destino do amor, estratégia humana, apenas. Aprendia. Aprenderia a costurar este amor nas vestes do mundo, nas pétalas do corpo, o oco às avessas, a multiplicidade da vida. Deleitava-se. Permitia que o amor, lentamente, fluísse, a partir de seu centro luminoso, por todo o corpo, num langor quase doloroso, seiva em veias por tanto tempo secas, ambrosia dos deuses. Com calma; finalmente, sem pressa, a vida, novamente. Conquistas e reconquistas. Maré enchente, salve salve. Percebia; e permitia que esse amor desmanchasse suas defesas, tão fortemente armadas, e notou, como uma pitada de sal, o quanto se tornara duro, sarcástico e incluso cruel. Que o amor dissolvesse essas couraças, que permitisse que o homem amasse, afinal. Pois ele, um homem, poderia amar, ou doar-se ao amor, ou ao menos tentar amar, honestamente. Amar uma mulher, quiçá, ou um projeto de vida digno, uma vida justa, a família, os amigos, a escrita. Que mais seria preciso? Se houvesse a morte, e apenas ela, no fim do caminho, mesmo assim a caminhada poderia valer a pena. Mas não era hora de engajar o pensamento; deixá-lo solto, apenas, ou concentrado no cerne daquela luz, e perceber o caminho, que se mostra de um lugar de consciência a um lugar luminoso. Onde? No próprio corpo? Não sabia, mas sabia o fluxo, como uma respiração, alimentando-se sempre; a consciência desmanchando-se no amor, tornando-se amor; mas, com olhos abertos, agora, para enxergar bem, por dentro e por fora, a consciência dissolvendo-se no amor, mas, ao mesmo tempo, escolhendo objetos para poder amar melhor. E a lembrança, então, das coisas amadas, das pessoas amadas, de tudo que é doce e terno. E a gratidão, e as lágrimas gratas, intensificando a chama, incinerando o que era rancor, ressentimento, raiva. Ele, oferecendo-se novamente em flor, mas enraizada. Conseguiria? O tempo passava, deitado entre os lençóis; e já se confundia, um pouco. Pensamentos como ventos, questionando, duvidando um tanto, temendo. Ah, suspiro. O coração amanteigado, permitiria. Entre idas e vindas o fluxo se desfez, como visão divina que se esvai, mas deixa marcas, em algum lugar, rastros que exigem fé e constância; mas não pensaria nisso agora. A gargalheira amenizada, o peito estufado, o coração mais leve, aliviado, já era bom demais; suspirando abria-se para o dia e suas surpresas; promessas. Lânguida ressaca.

Carregava, então, agora, as duas coisas em si, quase contraditórias: a luz e a coleira. Dois caminhos do corpo, dois circuitos, que se buscavam; mas, ainda, autônomos, cada um por si, divididos. Longe um do outro, embora pertos: no mesmo corpo – dividido: flor desabrochando no centro da vida, esperançosa, e o cadáver; ambos. E o que ainda pesava mais, o que mais valia, ainda, o que era mais presente, ainda, era o morto. O peso. Pois se sentia uma pessoa falecida; alguém cuja vida havia terminado. Dores na garganta, fechada, e estranhas dores nas pernas, latejações nos pés, inchaços: dores do enforcado. O que está pendurado, no vácuo, o que é arrastado por trás. Com a corda no pescoço, sentia-se. O laço, carregado desta forma, morto. Pagava sua pena, com pena de morte: errara. Às vezes, é um erro grave que descobre o melhor em nós, abre uma porta. E ele errara; e fora pena capital. Esse erro, talvez, abriria uma nova saída, uma nova vida. Mas não sabia. Por ora, era apenas um homem morto, que se recusava a morrer. Ou um homem que havia morrido, e não sabia disso ainda, condenado a renascer, querendo. Uma nova vida, de gastanças. Isso decidia. Pois se falhara, havia sido assim: colocara todos os seus ovos numa única cesta, na esperança de lançar-se fora deste mundo, na esperança do grande gozo. Fracassara. Subira alto, sim, é verdade, suspenso em nuvens de euforia, é difícil saber; é difícil que ele saiba. Destino ou erro – a grande dúvida, que um dia, sem dúvida, se tornaria irrelevante – a nuvem se dissipara, a bolha estourara, caíra das alturas, alta queda, fatal. Se o plano era impossível, não sabia. Suspeitava que não, que era possível. Mas ele falhara, não fora possível para ele. Não tinha cacife. Fizera água. Ao receber tanta graça, tanta força divina, seu corpo se despedaçara, rompera em mil cacos, espatifara. Explodira. Poderia ter sido diferente? Não sabia. Como saber? Agora, no entanto, resolvia se gastar, na rolança do tempo. Pois, das duas uma: ou recolhia todos os cacos, e tentava de novo, crente que desta vez, com a experiência, não repetiria o erro, e lograria o grande salto; ou desistia, e procurava dar algum sentido a uma vida de lagartixa, ao rés do chão. Por cuidados, preferia a lagartixa; agora. Porque não sabia se, mesmo se recolhesse todos os fragmentos, juntaria recursos suficientes para o grande salto. Receava que não; já não era mais jovem, e, se não pode alcançar o objetivo com todas as forças reunidas (ou quase, pois via agora que desde sempre fizera água) da juventude, não seria agora que conseguiria. Já não conseguiria reunir os cacos, ou eles já não teriam força, ou, mesmo se tivessem, toda a sua força sempre fora, desde o início, insuficiente. Pois ele fora um dos não-escolhidos, não fora eleito, embora tenha sido um dia chamado. Fracassara, e precisava confortar-se com isso. Restava agora, então, gastar-se. Já não havia sentido preservar-se, guardar-se para sabe-se lá o quê. Doava-se agora ao prazer, terreno, mundano, efêmero, perecível. Ganhava imanência, e isso era a vida. Ganhava ou perdia, já não sabia. Mas sabia da dor, da dor que dividia, da dor que doía. Homem morto, cadáver carregado, arrastado na areia do deserto. Mas, ao mesmo tempo, o fato novo: a flor desabrochando no peito. Assim ele ia, entre desânimos e esperanças, trancos e barrancos. Diz-se disso: vivo.

Então era isso a vida; trepidações, altos e baixos. Bobagem fazer birra, coisa de menino querer viver no paraíso, coisa de criança mimada não suportar nenhum agravo, nenhuma resistência, nenhuma ferida. Pois a vida era isso: trombadas; e, nesses caminhos tortuosos, plena de erros e acertos, era feita – enquanto se esgota nossa quota de tempo. Nada mais; a mesma regra, impiedosa, para todos. A ferida que carregava, carregavam todos; ela não o ungia, não lhe dava uma auréola. Disso ele sabia, pois reconhecia na dor um sinal do mal, da falta de alegria, da predominância da escuridão. O que mais amara sempre fora a luz. Mas isso aprendia, agora, incorporava: se não o investia de nada que fosse sagrado, a dor, por outro lado, tampouco lhe condenava; não era uma marca, um estigma, um sinal de podridão. Era uma condição humana, nada mais: altos e baixos. E não havia vida sem sofrimento; sem arrependimentos, sem horas, sem dias e dias, sem anos, de puro desperdício. Para ele, a dor era um desperdício, e devia então se convencer que não era: era apenas vida. Vida desperdiçada, em última análise era sempre isso. Oferecimento, dádiva, sacrifício. Ao nada? Não importa. Então, gastava-se. Como reação à ferida, lançava-se fora de si mesmo, como uma espinha, um corpo estranho, é expulso do corpo. Lançava-se ao mundo, como irrupção de pus. Vulcão; pois lá do fundo da ferida subia a lava – sabe-se lá de que profundezas dentro de si, de que quintos dos infernos, de que recônditos inacessíveis – em gritos lancinantes e coices para todos os lados. Coices: ele agia. Virando-se ao avesso, sua vida; como iceberg que movido por misteriosas forças sobe inteiro à superfície, deixando ver o himalaia antes submerso, a surpresa do corpo monstruoso, monumental, onde antes parecia haver apenas uma ponta de nada. Pois agora se dava; e revelava-se; para surpresas de todos, inclusive de si mesmo. Batia. O sujeito se constitui como reação? Não sabia. Mas reagia. Agora, queria; e exigia. Mesmo sem rumo, seu desejo se impunha. Devorava mulheres, então, que fosse. E beliscava. E mordia. Batia, e havia gozo neste bater, como o leite vira manteiga, como o gosto amargo vira doce, depois de muito ruminado na boca. Faria da lava, mel, ah, faria. Da violência faria amor. Faria, era essa a tarefa da ferida, a missão, o destino; a cura. Mas, por ora, batia. Pois era preciso bater bem, para alcançar o ponto. Como tacho de cobre, a fazer doce; ou de chumbo, alquimia. Era preciso zelar, mexer, remexer, com colher de pau ou de ouro, não deixar ferver a ponto de bolha, não deixar empelotar, não permitir a desanda, mexer, mexer, com força contínua e correta, para que o mel se faça, e escorra, cristalino e fluído, suficientemente denso, suficientemente líquido. Tudo isso era preciso fazer; envolto em muitas angústias. Haveria tempo?

Pois, enfim; enfim, era isso: morto. Para viver a vida, era preciso renunciar à vida; e renunciava-se à vida agarrando-se a ela, melhor, permitindo-se vivê-la. Pois, de certa maneira, ele pensava, torto, tortuosamente, torturado, ainda – a cabeça aos pedaços, a garganta do enforcado, os fumos nauseantes subindo por dentro do crânio – a vida só começava depois de ter sido perdida. Renunciar ao querer viver, ao querer vir a ser, à imagem de uma vida – sempre falsa, na verdade. Renunciar a ser, qualquer coisa que seja, para ser apenas, isso, uma existência, que se exaure. A flor que se oferece, a vida possível, é isso: oferecer-se, em amor. Casar e ter filhos, que fosse; construir uma felicidade possível, embora sempre precária; humana. Oferecer-se em amor, na face visível do amor, naquilo que do amor brota, em luz e flor: gentileza, cortesia, generosidade, gratidão, pequenas flores que muito valem; afinal. Mais nada. E precisaria de mais?

Pois isso, só e apenas isso, era a vida possível: amar, dessa forma humilde. Renunciar à voragem, à voracidade. Mas, mesmo assim, existindo, firme: renunciar à renúncia – à falsa, fútil ideia de renúncia. Ser responsável pela vida, a vida e suas fantasias, entregar-se completo, completamente, virar do avesso. Desejava, sim, desejava. Não renunciar ao desejo, mas sim ao que nele amarra, prende. Mas, não. Fingir que prende, então. Estar vivo, plenamente; é melhor fingir a vida. Presente. Ah, ele não sabia. Ele não sabia do que se tratava; ele não sabia o que estava falando. Ele sabia, apenas, que a ferida doía, ele sabia que a ferida podia ter sido evitada, embora não tivesse certeza, embora não soubesse como, ele sabia, agora, que um homem é uma ferida, para início de conversa, e, que, portanto, a ferida não importava tanto, é como o buraco do umbigo: todo mundo tem, e, a partir disso, cria-se uma vida; ele sabia que podia e deveria criar uma vida, deixar essa coisa de lado, e ele se esforçava, ele sabia também que uma ferida, uma vez aberta, que essa ferida, uma vez aberta, ou reaberta, demorava muito para passar, para ser curada, então ele tinha que ter paciência. E tendo paciência, suportava. Mas ele sabia também que a vida, sufocada desta maneira, pela dor baça da ferida, não valia a pena ser vivida. Mas, ele também sabia, a vida era isso mesmo. A vida era isso mesmo, e mais nada. E então, o quê? E então, nada; ou melhor, e então: oferecer-se. Que não fosse desprovida de alegrias, a vida. Que não fosse desprovida de ternura, de amor, de conquistas. Suaves, doces conquistas. Que assim fosse, então. Era isso que se podia fazer; e era isso que ele procurava fazer. Para valer a pena. Mas turbulentas e turvas; turbulentas são as águas que escorrem pela ferida e, no entanto, era nelas que devia navegar. Havia outras? Não,

não havia. Onde errara, meu deus, onde errara? E já não havia deus algum para responder, não havia sentido algum, havia apenas a vida, e o rio de linguagem a recobri-la, mas sem dar conta, sem dar conta de nada, havia apenas a vida, gratuita. Havia apenas aquilo: a pessoa, uma aberração, um descaminho da natureza, algo que jamais deveria ter acontecido. Havia apenas isso, ele: indigno. Mas nem indigno, tampouco. Culpa de nada; tudo rasgado, fiapo. Mas a água, turva e turbulenta: borbotões. Para frente, em declive, sempre: a água escorria, fazendo seu caminho. Sulcos na pele, o corpo envelhecendo, rapidamente, profusão de palavras, de sensações, de planos, de vidas, profusão de corpos, de sentimentos, de alegrias e tristezas, e esperanças, profusões de vidas humanas... para despencarem constantemente no abismo, no nada, em cascata. A grande orgia da vida, sacrifício, sacrifício de tantas vidas, sem dó nem piedade, sem apelação, sem nenhum comentário: a catarata. E a origem de tudo, de toda essa água, a ferida; a ferida que ele sentia, pesada, flamejante. Como aplacá-la? Pois ele se debatia; ainda e sempre. Sim, tinha esperanças de navegar novamente em águas límpidas, passagem por campos dourados, trigais, montanhas azuladas ao fundo, manhãs, as águas claras refletindo o ouro das romãs. Delírio, delírio. Era tudo delírio, sem rumo, sem razão de ser. Quem sonha? Ele queria saber; quem sonha? Quem o está sonhando agora? Pois que acorde, que desperte. Para levar um tiro, quem sabe? Quem sonha esse pesadelo? Quem se esconde do outro lado do espelho? Cava, cava, cava, e não encontra nada. O sonho não tem matéria. A vida não tem matéria; e as palavras mentem o tempo todo. Tudo é falso, falso ouro, falso cristal, vidro. Falso e estilhaçado. E agora? Pois se algo havia, havia isso:

o tempo. Ilusão sentida na carne, pois em dor. E o tempo escorria, riscando fundo. Rindo. Para a morte, todos, tudo em vão, vaidade, todos para a masmorra, para a guilhotina, para a catarata. Tinha esperanças de águas tranquilas, mas que diferença isso fazia? Haveria de fazer; pois da vida o que se leva é o levar da vida, então. Não. A ferida latejava sem parar, imposta a ele, sem que ele fosse culpado de nada. Pois não aceitaria a culpa; e levantaria a espada, e cortaria cabeças. Isso não ficaria assim; não ficaria. Mas que força tem uma pessoa diante dos deuses, sempre a lhe torcerem o braço, a gargalhar? Ora, ponha o cabresto, homem. A canga no cangote; aceite. Boi capado; castrado. Seja arrastado pelas águas, ora bolas; rolança. Ele não cabia em si, estourado. Traído. Traído? Ele não suportava, revoltado. Mas sua revolta não era nada; peido de boi, traque, mais nada. Por todo o universo ressoavam as gargalhadas; mas eram ecos de nada; apenas certo vento; e ninguém as ouvia.

Ele era isso: bicho. Bicho debaixo das cobertas, animal ferido, com fome, com sono, com frio; bicho abandonado, bicho sem sentido. Bicho solto na vida; fodido. Em revolta, bicho. Quem lhe dera essa carne? Quem lhe impusera esse destino? Quem lhe fizera homem? Quem quer que o tenha trazido para cá – para isso – que então viesse e completasse o serviço; que desse a essa vida – que lhe fora dada sem ser pedida – uma serventia. Mas não havia ninguém, nem nada. Era ele apenas ele. Ele com ele mesmo; cada um, um bicho; solitário. Animal respirante em sua perplexidade, voraz. Animal que sente fome, mata e come. Isso era ele, agora. Essa coisa. Coisa que fosse melhor se não tivesse forma ou nome; coisa qualquer, poça d'água, catarro, entulho qualquer; informe. Mas era, e respirava, e via, e sentia, e pensava. Aberração. Anomalia. Maldição. Mas resistia; resistiria. Havia muitos que queriam voltar ao útero, recuar, retornar a uma suposta origem, voltar a um início mítico, algo que poderiam chamar, se quisessem, de Paraíso, paraíso perdido, realização, sagrado, divino, deus. Para ele, essas palavras haviam perdido o sentido. Estava decidido: não voltaria atrás; pelo contrário: seguiria adiante, nem que adiante significasse apenas: o abismo; a queda em cascata. Pois não importava. Agora, seguiria adiante. Que viesse o que fosse; guerra, estrelas, coice. Daria coices, com sua espada erguida. Então, partia para o tudo ou nada. Com ele, sempre fora assim: tudo ou nada. Sem dignidade, sem fantasia, sem esperanças. Era o pega pra capar, era o foda-se. Novamente isso? Girava em círculos, sem conseguir romper a barragem. Lago estagnado, ou quase; água parada. Redemoinho. Girava, e forçava a passagem; sabia que conseguiria. Sua escrita era um míssil, garrafa lançada ao universo estelar, para o cosmos. Voltava. Voltava? Sua palavra era a linha da costura; a agulha e a linha. Uniria os pontos, nem que para isso fosse preciso amputar algo; daria um rim, o fígado, o baço, daria a alma. Se tivesse uma, daria.

Mas não tinha; ou, se tinha, não sabia. Possuía apenas um corpo, que facilmente desfalecia, e que doía. Mas não possuía um corpo; era antes possuído por ele. Era um bicho; algo habitando um corpo de bicho, um monstro, um corpo alheio, que lhe dominava. E se declarasse que não era ferida, nem corpo, nem palavra? O que sobraria? Ele portanto não era nada, mas habitava uma ferida; habitava-a tanto a ponto de preenchê-la, de confundir-se com ela. Ele era a ferida, que pulsava, e às vezes desfalecia, em sono, e mais nada? Não sabia. Não sabida de nada; e não sabia quem ou o quê nele não sabia. Se tentasse fugir, não conseguiria. Ele era ele, os limites e confins do mundo; e não havia outro. Nem outro mundo, nem outro ser: ele. Perdido nos labirintos do próprio corpo, desconhecido, inacessível, na imaterialidade da ferida, que apenas vislumbrava, na forma de palavras, inventava, dando-se uma realidade a posteriori. A posteriori? De onde vinha, afinal? Emaranhado na teia da linguagem, e apenas puro novelo, em torno do oco; mais nada. Apenas isso. Um sopro. Um sopro foi soprado, um dia, sabe-se lá como, e tudo então foi sugerido, como ilusão de ótica, como miragem em areia fina de deserto. Sob a areia fina, o quê? Mais areia fina, ou nada. E o sopro soube-se, de alguma forma, milagre, milagres. Mas então, por que doía? Como algo que de fato não existe, pura imagem, pode doer? Como uma carne inventada dói? E já que é inventada, por que então não inventar algo melhor? O amor, por exemplo, ou algo que o valha, algo desta ordem, desta sorte? Benefícios? Por que inventar então, por que infligir então, sofrimentos? Não sabia; nunca saberia? Batia, debatia-se. Pulsam as veias, e anestesia o sono; essas marés, idas e vindas, ele sofria. Dia após dia, o mesmo enredo. Para onde isso iria? Onde vai acabar? E em cada torno do círculo, mais envelhecia. Apenas isso; e os rumores da morte, ou o que o valha, nas periferias da mente.

Era apenas mente e mais nada; mentia. Mentava: o que era? Como, nesse mesmo corpo, definido e ereto, podia, há algum tempo, sentir-se bem, entusiasmado, reluzindo; e agora, no mesmo invólucro, que nada sofreu, estar desmoronado? Quem era e de quê era feito, afinal? Que alicerces e batimentos, que vergalhões e paredes e pregos e batentes? Que arquitetura era essa, de nervos e tantas fortes sutilezas? Feito de quê? Não sabia, não fazia a menor ideia, perplexo, preso em si mesmo. Pois era evidente que não era algo ou alguém inteiro, perfeitamente desenhado e definido, um único elemento químico, um ente. Era mais um maço de pulsões, uma convergência de fios desencapados, um confuso nó, um feixe, meio em curto-circuito, uma confluência de correntes, um buquê. Um buquê de quê? Não de flores, com certeza. Um buquê de forças. Ou de fraquezas, uma sucata, um ferro-velho. Somando-se a isso, ainda por cima: iria morrer. Um acaso perverso, isso era? Dividido. Um ser dividido, sem direção certa, sem sentido. Isso era justo? Podia ser isso? Podia, pois era. Explodia. Ele, em sua suma insignificância. Mas não, mas não, pois se amava! Pois se amava, como podia? Pois se amava, e para outro ser, como ele, existia e era importante, como podia, como podia rejeitar-se? Não o faria, ao contrário: afirmaria. Afirmaria o quê, afinal? O absurdo da vida? Afirmaria a vida; ainda que muito lentamente, pouco a pouco, pudesse se convencer disso, dela, a vida. Explodiria. Em frente, então. Coragem. Coraggio, coraggio, Brancaleone. Avante! E todo novo dia era oportunidade de juntar os cacos, em precário espantalho, elefante, e marchar adiante. Adelante. Pois apesar de finitos, são infinitos os grãos de areia do deserto; e vice-versa, apesar de infinitos, são finitos, os grãos de areia, os dias que nos restam.

Pouco a pouco, vai-se curando a coisa; sem que seja preciso compreendê-la. Há alguns dias, acorda sem angústia, a garganta livre, a passagem aberta para a saliva; o sol do dia convidando para a vida. Afinal, há vida. Pouco a pouco, apenas, pois uma lembrança, uma pergunta, uma desconfiança, trazem de volta a presença da ferida. Doendo. Onde se encontra, em que parte recôndita do corpo? Com que matéria e onde se esconde, toda aberta, a ferida? Mistérios. Fruto apenas da memória, sempre passado, aquilo que sempre dói? Arpão original que nos pescou do grande oceano de todas as coisas, antes de serem algo? Onde fica a ferida escondida? Mas, sim, pouco a pouco ela se dissipa. Só a lembrança dos piores dias, dias atônitos, causa sofrimento e perplexidade. Mas as coisas realmente passam? Ficam estacionadas em algum lugar? Ou então, que role o tempo, sem pontos fixos! Não sabia; mas era um alívio perceber que, em fato, pouco a pouco, a dor se dissolvia – apontando para a esperança de uma vida plena, novamente recuperada. Sim, envelhecia, mas era capaz de ser digno, contribuir, construir algo – acredite no amor, ele dizia para si mesmo. Mas o que era e onde se colhia, o amor? Ora, isso ele sabia um pouco; sim, isso ele sabia. Sabia discernir o amor, quando ele brotava, entre as outras coisas do mundo, desde suas fontes fugidias. E nem tão fugidias assim; sim, conhecia um pouco esse mecanismo – os artifícios do amor, seus mistérios. Mas havia algo, no amor, que permanecia opaco – e sempre o seria – o amor enquanto objeto. Armadilha? Que voz era aquela, que olhar? Não podia ser mais o que era visto, e sim o que via. Seria o que via, dono da máquina, senhor de sua retina – a revanche. O que dizia? Não uma câmera, mas um olhar doce. Olhar de mãe? Um olhar que partiria dele; era isso que dizia, que queria dizer. Não mais sujeitado ao olhar que vinha, ele objeto. Agora, ele sujeito: o olhar que via. Fazia isso algum sentido? Não sabia, mas era importante: ser o centro. Em algum lugar, nele, havia um centro. Havia? A ferida vinha da periferia? Atacava de fora para dentro, envolvendo por todos os lados, como uma aranha à sua vítima. Não sabia – e já tudo doía, de novo. Mas menos.

Era no corpo, a ferida? No corpo simbólico, algum corpo? Ou era o próprio corpo, a ferida? O corpo, seja lá o que fosse, era a ferida? Aquilo que doía, sempre? Pois, talvez, pudesse entender sua queda desta maneira: nada, mas, simplesmente, o corpo. Pois, envelhecia. E antes da queda, flutuava. Euforia. Euforia com um fundo de desespero? Isso dizia. Havia um fundo de desespero; e havia uma euforia. O desespero, pois, não seria o corpo, não estaria lá, nele, contido? Aquilo que inevitavelmente puxa de volta, como se fosse um papagaio, uma pipa? Ou um peixe sendo pescado? Primeiro, dá-se corda, dá-se linha... e, depois, o bicho cansado é trazido, exausto, para a terra. Pois ninguém pode ser um dragão, a voar livre pelos ares, sem fim, para sempre. Foi essa a queda? O peso do corpo? Pois flutuava e, então, caiu. Pois envelhecia, e o tempo não dá trégua. A queda, veja bem, foi também – foi? – o fim da juventude, o fim do sonho, da ilusão. E agora, o que fazer? Reinventava-se, em outro corpo: o corpo da linguagem. Transferência, artifício, refúgio. Para a linguagem transpunha-se, como uma tentativa qualquer de permanência. Pois o corpo, esse, cheio de vísceras, é incógnita, coisa. E um outro corpo, sempre jovem, o corpo de sonho, flutua sobre ele, sobre o corpo real, mas um dia tomba. Tomba sobre si mesmo, o corpo. Ele fora tombado, isso. Quando caía, ao sentir a queda, tentou transferir-se para outro corpo, o corpo dela. Como uma irresistível força de gravidade. Mas isso foi impossível. E não houve jeito, maneira, a não ser aceitar o fracasso, esborrachar-se na terra. Ser o que se é: um tatu, uma lagartixa. É revoltante, ele sabia, e bradava, para gargalhada geral dos deuses, revoltante. Como Ícaro, voara. Mas durou pouco, e já fora grande coisa: pelo menos, voara. Pagava agora o preço. Alto. Caro. Pois quem vai muito longe na alegria também chafurda no desespero, no subterrâneo dos quintos dos infernos. Ver Satã cara a cara. Ele era. Ele foi. E agora... agora era dar o jeito que os homens dão. Viver o que se era, viver o possível, contagiar-se com o corpo de todos, e esse corpo mútuo, compartilhado, construído, era o corpo da linguagem. Fazer desse mundo um lugar habitável; um paraíso melhor: causa nobre. Escrevia. E agora era isso; ter prazeres, mas não gozo. Ou descobrir outros tipos de gozo. Não sabia. Escrevia. Esse era o único jeito, entre outros. Escapara o máximo que podia; mas não foi possível mais do que isso. Não é possível. E os santos, não dão um jeito? E Cristo? Não, nem eles. Tudo só faz sentido num mundo escrito, fabricado, contextualizado. Ninguém voa além de certo ponto. E mesmo os loucos... pobres loucos. Muito menos eles estão livres. Não há jeito, estar aqui é começo de cura. Mas o que fazer com o excesso? Excesso de fantasia, de desejo, de angústia? Não sabia. Por ora, apenas isso: gasta. Gasta na gastura, na gastança. Por ora é isso, ainda que seja tudo mentira, ainda que seja tudo inventado. Pois ele não sabia de nada, e tentava construir o melhor mundo possível para ele. Isso procurava. E escrevia um corpo.

A ferida, então, é ser limitado; é o limite dado pelo próprio corpo? Pois, de repente, caíra. De repente, como se acreditasse que pudesse ter um destino sobre-humano. Não um super-homem no sentido dos feitos de um homem, dentro dos âmbitos das ambições humanas, mas, ao contrário, como se pudesse voar para além da condição humana, superá-la, desvencilhar-se dela. Como se, enojado pelos limites da existência, desde cedo colocasse todo seu intento no projeto – insensato, sim, insensato – de transcender tempo e espaço. No meio da viagem, acabara o gás. E como não acabaria? Despencara das alturas, anjo caído, de boca na terra dura. Quebrado, alquebrado. Agora, vista de baixo, baratas entre baratas, lagartixa, a vida estava invertida: era, afinal, medo da vida o que sentira? Medo da vida, a mola propulsora? Como se não a merecesse, a vida, como se não o merecesse, o corpo, com seu ínfimo, parco, mas, afinal, possível gozo? Pois era isso, talvez, o que acontecia: estava perplexo. No meio da vida, curvava-se, atingido o teto de seus próprios limites. Havia uma pedra no meio do caminho, havia. Rocha alada, com asas, escondida entre as nuvens. Pois o espaço sideral não tem fim, e não há jamais ponto de chegada. Apenas sempre partida, partida, ascese; ascensão desesperada? Isso era fuga? Não era melhor, então, aceitar o que se era, e aqui ficar, horizontalizado? Ora, olhar para os lados, amar e construir. Lugar sagrado aqui era, começo e fim. No nada. Nonada. Largar toda esperança, de agora em diante. Livre deste fardo – a esperança, bruta – então, dar sentido às coisas, mesmo que, no fundo, evidentemente, não haja sentido em nada. Apenas superfícies. Nomear. Ferida é o nome daquilo que no homem se manifesta como impossível. A ferida é o nome da impossibilidade, sua morada, a experiência dela, na carne: ferida, o que nos limita, o que, portanto, somos. Ferida, lutar contra. Com todos os meios. Delirar, sanar, deslizar, saltar, aceitar. Ferida: falar. Inventar novo corpo, próteses, ambientes imersivos, via-

gens mentais, corpo sem órgãos, voo, voo, voo. O homem
não se conforma – outro nome. E, ao mesmo tempo, ora:
aceitar. Sim, a morte. Sim, a opacidade. Sim, a escuridão.
Sim, o sofrimento. A ferida dele, então, era essa? O desafio
lançado aos deuses, heroico, para, como todos, ser castiga-
do? As asas quebradas, o fígado comido, os olhos cegados.
Mas não eram os olhos cegos que conferiam melhor visão,
interna? A queda também era, de certa forma, sabedoria.
Maturidade. Isso precisava aceitar. Finalizava. Como todos
os homens, no meio do caminho. Ceifado. Iria morrer. Mas,
antes disso: havia tempo, ainda. Tempo tempo. Havia – de
onde surgia? Sim, da própria ferida. A ferida tinha seu pus,
que escorria, e o que era veneno também era cura: tempo
tempo, o pus escorria, permitindo. Voz, linguagem: a primeira prótese. Inventava. O homem é bicho ardiloso, não
se entrega assim tão fácil. Ora bolas. Linguagem, invenção
imediata contra a ferida; saída dela mesma, da ferida, nas-
cidas juntas. Por isso, talvez, tanta ambiguidade nesta vida,
tão parca, meu deus, tão rica! Todo quebrado, porque ousa-
ra ir à origem de sua dor, ou, ao contrário, porque tentara se
afastar dela o máximo possível, como se pudesse se livrar de
si mesmo, de seu próprio corpo, ele agora jazia. Ali, na terra,
vértebras quebradas, vociferava. Lançaram-lhe espinhos nos
olhos: cegara. Então, no silêncio revoltado, amargara. E de
tanto mastigar a revolta, bile, ruminando vinganças impos-
síveis, furiosas raivas, o ódio foi adocicando. Como leite vira
manteiga, como uma coisa amarga fica suave, ao contato da
boca, dentes e saliva. Insistência. Sem ver nada, no escuro,
silenciava. Ao tanto mastigar, e ao tanto bater, chafurdar, foi
se calando, animal castrado. Silêncio impregnado de noite,
pleno de potência. Prenhe. E estaria pronto, de manhã, na

aurora do novo, renascer. Estaria? Borboleta da lagarta. Introjetava em si mesmo, virado do avesso, o universo todo, para os confins do qual um dia se lançara. Quisera ser tudo e todos? Pois, um dia, seria: ele. Pois quando nasce um homem, nascem todos. E no início não era o verbo, era antes, quase mudo de tão estrondoso, que ainda ressoa por todos os lados, vagido. Um único som. Com os ouvidos velhos, quase surdo, entupidos de cera, ouvia finalmente. Ouvia o som; ou então, quase: era escutado por ele. O som, om.

Deste som, então, surgem agora duas palavras: morfina. Sim, quisera, a conta-gotas, liberar constantemente morfina em seu corpo, como algo atrelado ao corpo, um saco, uma bolsa, ou algo acoplado no cérebro; sim, o ser humano vai transferir-se para outro corpo, reinventado, todo feito de próteses. Se a própria voz já era uma prótese, e ele alienado de si mesmo; o que poderia nos deter? Como não seria legítimo esse sonho, esse salto? No seio do mundo ele vivia, no cerne do desejo, do gozo. Isso, ele, também, queria. Queria, então, morfina. Para suportar o corpo, que doía, e pulsava, constantemente latejando. Os pés latejando, as pernas, todo o corpo doendo, todos os músculos, e tudo dói, meu deus, e tudo dói. Morfina para anestesiar o corpo, para viver em outro corpo – nem mais verdadeiro nem mais falso, não se trata disso – sobrevoando sobre o corpo original, sobre a massa de carne inacessível, um outro corpo, mental, que seja, mas tão real quanto, ou mais, que isso fique claro: não se trata de uma fuga, mas uma transposição, um desdobramento do real, da condição humana. Cheio de si, exigia, clamava, por seus direitos: flutuar por sobre o corpo, não sujeito a ele, não sujeitado, mas senhor. Senhor de seu tempo, queria morfina para voar. Como as balas de êxtase em festas rave, isso queria: para sempre. Pois caíra no corpo, e não gostara. Não era aqui que queria habitar, não no corpo, não, mas sim no espaço. Não se conformava. O ser humano não se conforma. A outra palavra: melhor. Mas, o que queria dizer isso? Melhor, como mel, o mel do melhor? Ou esse salto ansiado apontava para um melhor; ainda que artificial, os paraísos artificiais: falso? Não, não se trata disso, não há verdadeiro ou falso mais, não há real ou irreal, tudo junto e misturado. Melhor, então, refletia: esse sofrimento todo, essa sensação de sem sentido, esse mundo decaído, não seria – isso, essa sensação – um sintoma? Um sintoma de que estava desperdiçando sua vida, de que não a estava vivendo em seu máximo possível, em sua plena potencialidade, não estava, portanto, vivendo no seu melhor? Só o melhor traria satisfação? Subjugado pelo seu tempo, pela individualidade, pelo egoísmo, pelos desejos vãos, estaria sucumbido ao oceano da mundanidade? Perdera todo sentido de sagrado? Sim, perdera. Seria possível recuperá-lo, mesmo num mundo destroçado? Qual o esforço devido, agora, que se gastava? Agora, que sentia o grande salto como impossível, a que dedicar a sua vida? Pois tudo não parecia menor, efêmero e fútil? O que fazer, então, com esse corpo? Pois, quando perdera a força, quando sentira que começava a cair, a sucumbir no corpo – antes mesmo de saber disso – quando soubera que chegara aos seus limites, e seu limite era muito pouco – quando chegara ao seu máximo e lá não havia a mão de deus para resgatá-lo, puxá-lo milagrosamente para cima, pois, essa mão não houve nunca, em lugar algum, ou será que fora ele que não tivera forças suficientes, parco em energia? – isso não sabia; pois, enfim, quando começara a cair, o que fizera? Mirara em outro corpo, para transferir-se. Quisera perder-se em Aurélia, passar todo para ela, dedicar sua vida a ela, pois, sua vida mesmo estava perdida. Dedicar-se a ela, como a uma filha. Mas, isso, também foi impossível, pois o corpo é denso, e não se ocupam dois corpos num mesmo espaço, tampouco de dois se faz um, essa a regra dura do mundo, matéria. A liturgia da. Matéria, asco, asco, asco. Quando não entrara, então, quando não lograra, por mais que gozara dela, do seu corpo, por mais que a penetrara, continuava ela sendo sempre inacessível, intangível, mistério mistério: a matéria, sempre inalcançável, opaca, opaca. Quando a perdera, enfim, o que sobrara? Cacos de si mesmo, e um projeto – uma teimosia – de reinvenção de si mesmo, ao rés do chão. Aqui estava, então. Aqui, estava. Aqui. Aqui; e se gastava. E, novamente, o que fazer com essa energia, com esse excesso? Se a energia não era forte o suficiente para o salto além da órbita, para que então servia? O que fazer com esse resto? Gastava-se, mas isso lhe causava a sensação de desperdício. De mundanidade; de algo pouco santificado. Estava ainda preso em antigas categorias? Não sabia; não sabia. A angústia também era um excesso, sinal de excesso, de força sem direção ou sentido. O que fazer, então, neste mundo, meu deus, que fosse da ordem do digno? Que fosse da ordem do redimido, da redenção? O que fazer, que pudesse lhe salvar um pouco, do quê, meu deus, do quê? Do pior dos castigos, ó angústia: a morte. Por que tanto a temia? A morte; aquilo que pulsava, que batia, que horrorizava, que ria. A morte, era preciso enfrentá-la. Se fosse possível, a convocaria, para a luta insana, impossível de ser vencida, a convocaria, a morte, para o embate, e encheria sua cara de porrada. Ao ringue, ainda que fosse causa perdida; o que mais pode haver de digno para um homem fazer, uma vez diante de sua finitude? Só uma coisa: lutar contra, lutar contra, com todas as suas forças. Isso fazia, com lágrimas nos olhos. Isso fazia, sem descanso. Isso fazia, sangrando. Sem nenhuma esperança.

Então sonhou que uma pessoa muito próxima, uma pessoa muito querida – uma mulher – morria, morrera. Que mulher seria essa, exatamente, não sabia. Uma parte de si, como se ele se dividisse em três, e uma delas fosse essa mulher – que agora jazia, embora não de corpo presente, apenas o impacto da notícia, o acidente. Um terço dele, um terno, um anexo, um enxerto ou uma protuberância, que se desenvolvia plena, ganhava toda uma existência na vida e que agora, subitamente, no sonho, morria. Um arremedo, um espelho, uma companheira, uma alma gêmea, ele não sabia, mas cuja morte, inesperada (como, agora reparava, era inesperada sua própria existência – como tudo, ou quase, na vida: paradoxal: inesperada e familiar, a mulher, que sempre estivera lá, presente, mais que presente, essencial, e que apenas agora, com a morte, perdida, subitamente se revelava), ele sentia. Ou melhor, ele não sentia. Sabia que devia sentir uma grande perda, e com a gravidade de quem vai desmoronar relatava essa morte, ao telefone, para alguém – para sua mãe? Pois então não era a mãe que morrera, mas mulher amada, parceira, fêmea. Sabia que desmoronava, ou que deveria, mas não sentia. Ao contrário, o que sentia, no sonho, no fundo, era alegria. Era alívio. Fingia a dor, apenas. Mas se precavia: seria a dor do poeta, a que não se sabia, a que se perdia em mil vias? Seria uma não-dor falsa a que sentia, um tipo de negação, uma anestesia, antes que um dia, em breve com certeza, caísse a ficha? Seria uma reação ao contrário, algo não muito raro, na verdade, até típico talvez, a fixação no trauma, vivido como lenitivo, até, como se fosse o único possível destino? Não, não, o sonho não era isso. Garantia-se, sem sombra de dúvidas: o que sentia era mesmo alegria. Sentiria, então, culpa? Não sabia, no sonho, não houve tempo para isso. Despertara com o coração leve, como se (ao menos em pequena parte) renascera. Despertara com o coração leve, sem rancores: que venha o dia. A morte que tanto temia, seria uma presença constante, que carregava, uma sombra, uma fantasia? Um fantasma? Não sabia, mas se a morte lhe pesava, agora, ao despertar, não o sentia. Não sentia mais vontade de lutar; a vida fluía. Podia.

O que morria? Se é que algo, ou alguém, morria? Não sabia. Não sabia se ele morria, ou renascia, ou ambos. Não sabia se uma parte dele morria, ou se era lícito dizer que nele conviviam diferentes partes, antagônicas, quase, inimigas. Podia ser que sim; sim. Era um sujeito dividido; e ainda mais se dividia? Ou esforçava-se para convergir num único centro, um eixo? Ou, melhor: negociava, articulava, amarrava as divergências, da melhor maneira que podia; mas, se sim, comandado por quem? Quem, nele, comandava a marcha, o esforço de guerra e o esforço de reconstrução, quem ditava as estratégias, apontava o caminho, escrevia? Isso, ele não sabia. Um homem não sabe muito mais coisas do que sabe, isso percebia. Quanto mais se sabe, menos se. Quem, ou o quê, ou que tempo ou paraíso ecológico, protegido, agora morria? Que espaço escondido dentro dele, retrógrado, desaparecia? O que era imposto, para o bem ou para o mal? Nada disso sabia, nem saberia, possivelmente, um dia. Mas uma palavra ressoava, ainda. Melhor. Haveria um melhor, uma atitude mais digna? Uma bússola, um comando, um guia. Poderia vir a ser isso, se quisesse? Deveria? Tornar-se uma dádiva, ao invés de um fardo. Dedicar-se. Aos outros. Amar; renunciar à mesquinhez, aos vícios, ao egoísmo. Pelo menos, na medida do possível. Ou do impossível? O impulsível; de novo, não. O possível; mas dentro dele, no possível, o melhor. O esforço do melhor; mesmo se sem nenhum sentido. Não sabia, mas sabia que seria preciso escolher uma maneira de viver, algum tipo de diretriz, de código, de ética, de guia. Algum tipo de princípio, de meta. Tornar-se-ia grande; tentaria? Era justo, era genuíno, era legítimo? Refletiria sobre isso, aos poucos, e sentia que, aos poucos, as respostas surgiriam, naturalmente. Naquela ferida, então, lançar uma semente? Cova para árvore alta, frondosa? Muda de gente; nova? Ele; novo? Aquela ferida, então, era poda? Ancinho no jardim, pá, rastelo, cavadeira. Plantava-se, então, um novo ele, dentro de sua própria terra? Cova no próprio quintal, nos fundos, no corpo – a ferida; adubo. Profundo. Profunda cova, buraco, semeadura para árvore de muitos frutos e sombra para muitos? Que assim fosse; ou não. Não importa: que fosse arbusto, planta barata, erva daninha. Pé de bosta, frutapão, abacateiro, baobá, sequoia. Seria o que seria, fortaleza ou buganvília. Semente de mostarda, naquela cova plantada. Para lá, então, tudo convergia, em devir, em potência? Que fosse, então, seria: vulcão, gêiser, irrupção escorrente, escaldante, calda nova, lava. Reciclagem, esse era seu nome, então. Folhas novas, passagem. Que fosse, então; um homem diante de um buraco na terra, humildemente curvado.

Disciplina, ele pensou, até com certo desânimo. Seria preciso disciplina. Não se constrói nada, na vida, sem ela. Disciplina. Mas que amorosa fosse, movida por emoções genuínas. Angariar as energias dispersas, perdidas. Concentrar as forças, ter metas. Não o chicote, a autoridade perversa ou neurótica. Não o pai, o padre, o médico, o sacerdote. O quê, então? Não sabia. Mais uma coisa, para a lista. A longa lista dos itens desconhecidos. Quanto menos sabia, no entanto, mais. Mais sabia. Era necessário disciplina, e pronto. De que tipo, e quanto, não sabia, ainda. Saberia. Não queria respostas prontas, fáceis, sob medida. Queria o genuíno e o orgânico, o justo e o livre. Ensaiaria alguns passos, então. Pouco a pouco, passo a passo. Com direito a retornos e rodeios, meias-voltas e quase piruetas. O que fazer, primeiro? Não sabia. Então deixaria apenas a escrita, a ideia, registrada: Disciplina. Em pedra, ou em areia, como senha, possível guia. Ali estava, então, mais uma palavra, de um dicionário que pouco a pouco erigia. Um glossário de vida; isso fazia? Não, não era isso. Era apenas desabafo, tentativa de lançar luz num processo opaco e difícil. Conseguia, pouco a pouco. Isso já era, em si, exercício de estudo, de disciplina. Sabia. Por ali, iria, então, por enquanto, anotado. Prestando, sempre, muita atenção. No que sentia, ao que era sensível; o que, em si, produzia o efeito melhor, mais vigoroso e suave, mais digno. Mas, sem culpa, sem outras estranhas vozes, esquisitas, sem falsos algozes. Sim, muito difícil.

Mas, o que sabia, com certeza, pelo menos agora, era que curava. Foi por um triz, fora. Mas, pouco a pouco saía da zona de perigo; saíra. Mais perto agora da praia do que do precipício, do redemoinho. Exausto, estava, e ainda aflito. Tudo desmoronado, não havia clareza de nada, que caminho seguir, que leis, que princípios. Tudo ainda muito assustado. Mas amanhecia, aurora. Aurora aurora, fazia-se dia. Iluminava, luz ainda baça, mas cristalina, muito clara. Aqui, no mundo, era mesmo o campo de batalha. Sem descanso, corpos por todos os lados, membros; cadáveres. Mas amanhecia, na praia. O campo de batalha, em momento sereno: calma, calmaria. Fazia-se dia, depois de noite de combates, contra monstros, semideuses, demônios. Tudo, com a luz do dia, fica mais fácil, menos denso, menos dramático. Fora uma longa noite, que agora se dissipava. No entanto, a verdade permanecia: aqui era o campo de batalha. Difícil, difícil. Angu de caroço, uma no cravo outra na ferradura, nada vêm fácil, nada de graça. Essa é a vida, humana, e sempre fora. A ferida se fechava, crosta, e talvez solo fecundo, terra para novas vidas, outras águas – límpidas, cristalinas, depuradas do pus. Crosta ainda, mas era, suja de sangue, endurecido, em processo de tornar-se terra. Dessa terra, fechada, arduamente arada, nova vida? A ferida, então, não propriamente se costurava, mas sim se mesclava, matéria em si mesma, magma, massa que se aglutina, como o interior de proteína de um inseto, de uma barata, coisa só, rica, fecunda, ainda que nojenta, pura vitamina e potência de vida? Massinha na mão dos deuses, ou do destino, amassa amassa amassa. Rumina, deglute. Matéria gelatina, amálgama, sopa oceânica, ancestral, origem da vida, protozoária, água viva, benta, bendita, que se adensa.

Caminha, então, pelas ruas, novas velhas ruas, velhas ruas, caminha, ao mesmo tempo altivo e cabisbaixo, sob o sol, sob o sol da manhã, sol flácido, talvez, sol fraco, imbecil, sol infante, solzinho, caminha só, pelo caminho, enfim, novo e dividido, fragmentado, como talvez quem se arrastasse, e fosse mesmo bicho de arrasto, caranguejo ou siri, algum tipo de crustáceo, com casca nova, mas dentro, a mesma carne, mole, a carne de quem renasce, inseguro, incauto, instável, in-tudo. Anti; sumiço, vestígio, fiapo, fio que se recolhe, ou se solta, novelo, coisa que se guarda. Pois, caminha, e era tudo. Era uma ferida sarada, uma carne cozida, um olhar. Um olhar de quem sabe? De quem sabe de nada. Nasce. Nasce uma estrela. Cadente. Sempre em queda, mesmo quando sobe. Sempre desce, na verdade, sem rumo ou seta, flecha que se vai no espaço, se esvai; o espaço não tem lado algum, tudo queda, tudo. Por todos os lados, então, portanto, como se, como sempre, o sol. O sol por todos os lados, constantemente nascente, constantemente poente, raios de sol filtrados na manhã, na rolança do mecanismo, do sistema, máquina. E então vai, enquanto passa, e tudo passa, passarada. Vai, enquanto passa, estilhaços, cacos, fragmentos, de vidro, de água, de coisa transparente, de cristais que se formam, miragens. Venta, é verdade. Brisa, maresia, aragem. Caminha, e mais nada. Caminha, mais nada. O que mais dizer, se tudo é isso mesmo, se tudo é tristeza, se tudo é alegria; vertigem. Se tudo, no fundo, é o amor, frágil, que se constrói com muito afinco, com muito trabalho, mas que pode ser destruído em um dia, em um momento, com uma única frase, com uma palavra. Fala, fala, fala, asa, lança, voragem: é preciso coragem. Ecos, ecos.... ele ia e vinha, marés, fluxos e refluxos, lago, deriva, isso era a própria angústia.

Ondas concêntricas, marés, sazões, vazantes, crescentes, minguantes, fases da lua, gravidades, isso ele sentia, sem sair do lugar, ou saindo, sim, mas muito lentamente, água de poço, água de pântano, água de brejo, cheio de plantas e sapos, caniços, algas, escorrendo aos poucos, quase imperceptível, dando a sensação de um constante retorno; exaspero. Mas, sim, estava encaminhado, estava... Fluía, apesar da sensação de espanto, de vazio, de boiar por sobre espaços abissais, ainda que iluminados. Repetia-se, quando queria fundar o novo. Era preciso, então, esforço, ruptura. Era preciso, então, algo mais sério, um gesto, uma atitude. Um corte, que fosse. Não exatamente disciplina, mas decisão. Ele mesmo precisava se encaminhar. Fazer algum tipo de escolha, resolver. Pegar a enxada com as próprias mãos, escavar uma vala, um canal, para que a água escorresse, para dar direção à sua vida. Escolher um estilo de vida, um objetivo, uma companhia. Fecundar. Deixar de rolar como uma pedra, com as pedras, na correnteza. Construir barragens, pontes, mudar a paisagem. Entusiasmar-se. Trabalho objetivo, e não simples reação, esforço de sobrevivência. Emergia, então, de si mesmo: broto. Nascia, de sua própria terra, rumo ao sol, pelo menos um guia. Sim, aberto como uma flor, pistilo, esperança, filhos. Gérmen; amores, zelos, sorrisos. Era possível construir, na vida; necessário. A estrada, os campos, as montanhas. Os amigos. Fundaria, então, sobre si mesmo, os alicerces, o esteio, para edificação sólida, castelo. Murro de arrimo: pronto, plataforma de voo. Valia a pena, sim, valia. Algazarra da vida, vida humanizada. Decisão simples, e vigorosa, disso precisava; da névoa surgindo figuras mais nítidas. Homens com rostos, coisas nomeadas. A satisfação de um mundo organizado, o amargo feito doce; do caos, direção. Trabalho, trabalho. A costura como terra roçada, arada, plantada, fieira; estria, canaleta, meio, caminho, vereda, traço, marca; marca humana, ferro na carne, estigma, como um nome, uma entrada, preço de passagem, contágio; senha, signo, letra. Então, da convulsão da ferida, caos, nasce aradura na terra, cicatriz, versura, risco; escolha. Movimento, direção; para a colheita, alguma, apostas. Sem medo, então; almirante.

Pois o que houve foi, compreende agora, de certa forma, Naufrágio no Cabo da Boa Esperança. Condição então de arruinado, mas náufrago à espreita. De volta à casa, ruminando a ruína. Toda a vida será reconstruída aqui, como se não existissem as Índias. Não existem? Ilusão. O que existe é uma dobra. Dobra sobre si mesmo; o mapa sobre o mapa. Os dois lados, um, em dobra, fita que seja. Dobra de envelope, dobra de imagem de espelho, revestimento. Como um pastel, uma massa sobre outra, uma imagem refletindo uma outra. Revestimento de linguagem; metáfora, que seja; metalinguagem, que seja. Metáfora de si mesma, a dobra. Essa a vida. Que em si mesma encontra redenção e refúgio. Existência dobrada em si mesma; completa, grata. Envelope de amor, então: envelopado. Enfim, a vida; o amor recobrindo a vida possível, o terreno existente, o mundo, pois depois da meia-noite todos os gatos são pardos e venha o que vier, agora vem o que há; o dobrado em si mesmo, contingência, que vai formando uma imagem, um desenho, de cicatrizes e furos. Que amarra e dá contorno ao que era informe; emblema que redime e salva, destacando-se do corpo do caos e tornando-o legível, o que organiza o mundo e engendra o primeiro aceno de amor, o que então era invisível e que agora salta aos olhos, mas quase insuportável em sua súbita luminosidade, vislumbre de imagem desvelada e divina, em *semelhança – a forma do corpo humano*. Pois quando

AURÉOLA

as feridas finalmente se fecham, num corpo qualquer todo arrebentado, produzindo uma possível sensação de unidade e sentido, um futuro, essas cicatrizes funcionam mais ou menos como letras de uma nova escrita; de um jeito ou de outro, resta, com retalhos de carne, tempo, sonho e acaso, tecer, então – agora – novo tecido; o desenho.

OUTROS TÍTULOS DO AUTOR

PROSA
Caroço. Trilogia da Fantasia 2. Azougue, 2012
Amarração. Trilogia da Fantasia 1. Circuito, 2011

POESIA
Noiva. Azougue, 2008
Ímpar. Lamparina, 2005 (prêmio Alphonsus de Guimaraens da Biblioteca Nacional)
Passeio. Record, 2001 (bolsa Fundação Biblioteca Nacional para obra em formação)
Leaves of Paradise. 100 Leitores, 2000
Asa. Velocípede, 1999
Aura. 2AB, 1997

TEORIA E CRÍTICA DA ARTE E DA CULTURA
Poesia e vídeoarte (com Katia Maciel). Circuito, 2013 (bolsa Funarte de Estímulo à Produção Crítica em Artes Visuais)
El método documental (org. com Teresa Arijón e Bárbara Belloc). Manantial, 2013
Conversas com curadores e críticos de arte (com Guilherme Bueno). SEC/ Circuito, 2013
Experiência e arte contemporânea (org. com Ana Kiffer e Christophe Bident). CAPES/ Circuito, 2012
Guilherme Zarvos por Renato Rezende. Ciranda da Poesia, EDUERJ, 2010
No contemporâneo: arte e escritura expandidas (com Roberto Corrêa dos Santos). FAPERJ/Circuito, 2010
Coletivos (com Felipe Scovino). Circuito, 2010
Azougue (org. com Sergio Cohn e Pedro Cesarino). Azougue, 2008

HISTÓRIA E URBANISMO (SOBRE A CIDADE DO RIO DE JANEIRO)
Praça Tiradentes – do império às origens da cultura popular. Usina das artes, 2003
Avenida Rio Branco – um projeto de futuro: 100 anos. Usina das artes, 2002
Parques do Rio de Janeiro: um olhar poético. Eco Rio, 2000
Memórias e curiosidades do bairro de Laranjeiras. Eco Rio, 1999